路招搖

生前為魔界萬戮門的門主，立志成為令人聞風喪膽的女魔頭。
救了魔王之子的墨青，並將他帶到門下照顧，
沒想到不小心被他害死了，化為一縷魂魄後，千方百計想復活報仇。

「天上天下威武無敵
至上至尊魔王路招搖！」

墨青

魔王之子，外表清冷，寡淡無欲，但舉手投足有種不著痕跡的溫柔。在路招搖死去後，接手了萬戮門，並將其完善治理。

「我可以為妳放下一切，只要妳安好。」

GOBOOKS
& SITAK
GROUP©

GOBOOKS
& SITAK
GROUP©

三日月書版

三日月書版

九鷺非香
繪／セカイメグル
招搖
ZHAO YAO
卷一
輕世代
FW269
三日月書版

目錄

楔子

我是一個女魔頭，惡名昭彰了很多年的女魔頭。

江湖上那些名門正派中想將我除之而後快的人，不知道已經死了多少，我卻依舊好好地活著，活得風生水起。

然而在我以為即將踏上魔生的另一個巔峰時……

我死了。

而且是被自己門派裡看門的小醜八怪給……幹掉了。

我委實想不通，造成心中執念太重，入不了輪迴，就在天地間來回晃蕩，成了一隻典型的孤魂野鬼，日日夜夜在墳頭上畫圈圈，念叨著三悔。

一悔平生不夠心狠手辣，對名門正派太過仁慈。

二悔生平太過自信驕傲，不夠仔細謹慎，終招殺身之禍。

三悔百年之前，千不該萬不該將那礙事的小醜八怪收入門下，最後竟被他害了性命……

第一章 身死

我死的那天，正是上古魔器萬鈞劍重現於世之時。

江湖上早有傳言，得萬鈞劍者，則可得魔界至上尊位，問鼎魔王之座。

我為魔這一生，該拿到的成就都拿到了，就差這一步，我盼著能拿下魔尊之名，從此一統分裂千年的魔界，權傾天下，號令蒼生，莫敢不從！

是以，在萬鈞劍即將出世時，我率領萬戮門的門徒趕至千年劍塚，在那早已有魔道中人互相殘殺，我自是懶得看上一眼，命小輩幫我斷後，我隻身入了劍塚。

現下回想起來，我在那時就犯了兩個錯，一是沒曾留意到劍塚之中混亂氣息之下掩蓋著的仙氣，二是沒去管隨我一同入了劍塚的小醜八怪。

小醜八怪其實有名字，還是我幫他取的——墨青。

想當年初遇小醜八怪時，他渾身傷得青一塊紫一塊，臉上還有如墨般漆黑的疤痕，一條一條的，醜陋得可怕。

可修魔的，從來不怕這些。

當時他懷裡抱著他早已死去的娘，身前站著十大修仙世家的家主們，家主們稱他是魔王之子。

我卻不以為然。

魔界公認的魔王已經死了幾千年了，現在的魔道四分五裂，軍閥盤踞，並沒有統一的王。這些正道人士，逮著一個手下有個十來人的魔修就說人家是魔王，按他們的道理來分，這天下的魔頭得有成千上萬個了。

最過分的是，如果按他們的規矩算，就算排了成千上萬個魔頭，也排不到我——因為當時我手邊沒有可以驅使的人。

我很不服氣，於是打算教訓教訓他們，讓他們知道，就算手下沒有人，也是可以很厲害的。

於是當年的我擋在墨青面前，嘲諷了正派人士欺負孤兒，然後就隻身與他們十大世家鬥了一場。

後人傳那次鬥法令天昏地暗江湖枯竭。雖然沒他們說得那麼誇張，但確實是我立名於魔道中的一戰。

我一身是血地救出墨青後，聲名大噪，所有人都知道塵稷山出了一個可以單挑十大世家的女魔頭，投靠我的人自此絡繹不絕。

我建了萬戮門，收了上千門徒。而在那一戰中救下來的墨青，我因事務繁忙，沒空管他，就給他指了個師父，他師父說他沒有修魔的天分，便將他打發去了山門看門。

再來，我就很少聽到他的消息了，直到我死前才重新將他裝進了眼睛裡。那時他已成青年，面上黑紋依舊未曾褪去的醜八怪青年……

那日劍塚中，仙家門人早就在那裡布下了殺陣，以圖一舉滅掉有名的魔頭們。只是，他們沒料到萬戮門實力這般厲害，憑我手下門徒便將所有魔道中人阻擋在外，唯獨我一人，入了劍塚。

在萬鈞劍出世前，我正專心壓制劍塚中翻湧的劍氣、戾氣和千百年前活人祭劍而沉積的怨氣。

那些潛伏已久的仙門中人，忽然就動手了。

我本是不將這些人放在眼裡，卻沒料到劍塚中的氣息居然那般厲害。

我忙著抵擋仙門的殺陣，防不住劍塚中的殺氣，被狠狠刺傷，拚著最後的力氣，終於將劍塚中的氣息壓下，躲到了角落裡。只待萬鈞劍出世，我趁機奪得它，便可君臨天下了！

然而那些仙門子弟卻未曾離去，他們在劍塚中尋找我的蹤跡。

此時此刻，我卻無力再與他們相鬥，我脖子上被劍塚殺氣割破的傷口深可見骨，鮮血汩汩流著，讓我連說話都難。

我在石頭縫裡藏得小心翼翼，忽然間，只覺脖子上一熱，我渾身一緊，正要發難之際，被人捂住了嘴。

我抬頭一看，瞅見那張黑痕遍布的臉，竟是墨青。

他見我認出了他，當即便放開了我，只將我的脖子捂著，幫我止血。

我看著他，看見他眼神掩飾不住的擔憂，忍不住喊了他的名字，嘶啞地問：「墨青，你是不是喜歡我？」

是，我是問得突然，但他眼神裡的關切並非普通門人會有的，思來想去，我就想到這麼一種可能。

果然，我問了他這個問題後，他看了我一眼，沉默不言，只是放在身側的手默默抓緊了一瞬。我了然一笑，目光在他滿是黑痕的臉上一轉。一個沒什麼天賦的魔修，悄悄跟著我進劍塚，一定是為了在關鍵時刻幫我一把，讓我記住他吧。

畢竟除了這種方法，沒有其他可能能入我的眼裡了。

我望著他，和藹親切地微笑道：「墨青，你既然喜歡我，一定不想讓我死在這裡，對不對？」

他沉默地看著我，垂了眼眸，盯住我脖子上掛著的那塊小銀鏡。鏡子裡映著他黑痕遍布的臉，我不知道他在想什麼，姑且以為他是想要個賞賜，於是我作勢要將銀鏡取下來：「這銀鏡便給你當做信物，今日你若能保我安然離開，他日我必保你在整個魔界傲視群雄。」

這個小銀鏡的來源我已經忘了，也不知道有什麼作用，平時覺得帶著好看也就一直帶著，所以給出去時一點也不心疼。

墨青卻壓住了我的手，低聲回著：「妳不用給我什麼。」和看起來可怕的面孔不一樣，他的聲音竟出奇地好聽，「把它好好留著就行了。」

不用任何東西就能換得別人的賣命，我自然樂意，於是我又將小銀鏡放下，望著他，努力溫柔地微笑，「你幫我去引開那些仙門弟子，好不好？」

他忽然抬起手，輕輕撫摸我的臉頰，指尖在我的酒窩上停留。我現在要賴著他救命，當然就沒脾氣，隨便他怎麼摸。

「門主。」他這般喚我，和其他弟子平時喚我好似沒什麼區別，但又因為此刻他的指尖停留在我的臉上，所以與別的弟子區別大了去了，「我可以為妳放下一切，只要妳安好。」

嗯，這個時候表忠心，真是個會說話的弟子。

只不過他的話並沒有感動我。這種事我看得多了，很多人說著，為了你我可以放下一切，並不是因為他有多偉大，只是因為他本來就一無所有。

我在心裡這般想著，卻覺面前的墨青手指微微一僵，這一瞬間，我都以為他好似看穿我的想法了。

我心裡有點慌，連忙想說些話補救，墨青卻在片刻後，提劍走了出去。

不看著他的臉，我只覺這個青年背影挺拔得讓人挪不開眼。

那時，我以為我定會得救，等墨青引走他們，我拿了萬鈞劍，悄悄溜走，到無人的地方修養到傷好，再回萬戮門，一統天下，那個時候，墨青要是活著，我就罩著他，要是死了……我就給他立個好看的碑。

我想得很好，可當我躲在縫隙裡，偷偷拿眼睛去瞅外面的情況的時候，我卻看見墨青居然一邊與仙門的人纏鬥，一邊往劍塚的方向退去。

劍塚之中，殺氣已被我壓下，正中之處，有一點光芒正欲破土而出。

是萬鈞劍！

我心頭一急，只見修為本就不高的墨青已被仙門中人砍得鮮血淋漓，他站在劍塚上，鮮血流入劍塚中，浸入那光芒裡面。

正適時，仙門中有人一劍斬斷了他的腳筋，墨青猛地摔倒劍塚上，他手伸出去的位置恰恰握住剛剛破土出來的萬鈞劍。

萬鈞劍會認主的！

我心頭雖急，卻堅信只有一點修為的墨青絕對拔不出萬鈞劍，哪知忽然之間，劍塚中氣息洶湧，將我方才立下的禁錮盡數衝破，一時間將劍塚裡的仙門弟子射殺無數！

待得墨青一聲大喊，將劍徹底拔出時，劍塚裡的氣息也登時炸開，滌蕩千里，橫掃三界，而不是萬鈞劍主人且身受重傷的我，就這樣……

被震死了過去。

閉上眼前，我看到墨青臉上的黑痕隨著劍刃上的光芒流動而消失。

原來，他臉上的黑痕竟不是畫來玩的符咒，而是封印——對上一屆魔王之子的封印。

我才意識到，當年十大世家說他是魔王之子，居然誠不欺我……

我更意識到，這個墨青，跟隨我進劍塚，不是為了護我，更不是因為喜歡我，他只是要拿回屬於他父親的東西。

萬鈞劍被封印著，他力量不夠，才等我將所有事情都處理完畢後，才以自己的血，讓萬鈞劍認主……

這小子，真是好計謀！

只可惜我這一生，千般拚命，萬般折騰，最後竟是給人做了嫁衣！真是不甘心啊！

只是，再不甘也沒意義了，我死了。

招搖

就那麼一點不華麗也不轟烈甚至有點莫名其妙地死了……

等我再睜開眼時，是個傾盆大雨的夜晚，我坐在新墳上，任由雨點穿過我的魂體，將墳頭墓碑打得劈啪作響。

我繞過去看了我的墓碑，碑上一個字都沒寫，我氣得想將這碑踹碎。恨不能自己拿個錐子在上面鑿下「天上天下威武無敵至上至尊魔王路招搖」幾個大字。

墓碑都不寫好，還讓不讓人安心死啊！

第二章 還魂

我生前，著實是個臭名昭著女魔頭，搶小朋友的糖葫蘆，毆打路邊流浪漢這種事沒少幹，仙途魔道恨我的人手牽手能繞塵稷山三百圈。

我本以為在我死後，必定被刨墳掘屍，難保全身。沒想到，我在墳頭飄了幾年，青草都長了半人高，愣是沒有一個仇家找上門。

我忽然覺得有點寂寞，覺得活著時做的壞事都白做了。

都怪這無字碑！

我開始恨起立碑的人，名號不寫，名字也不寫，不僅讓崇拜我的人找不到，連仇家也找不上門！

就在我對立碑人意見越來越深的那年，清明時節，細雨如毛，我終於等到一個人來給我上香了……

那是一個身著墨衣、冒雨而來的男子，走得近了，我見他面如冠玉，漂亮得令我驚豔。

我繞著他看了許久，倏爾覺得此人五官看起來竟有幾分熟悉。我摸著下巴思考，待等得他在我墳前供上幾個青果子時，我陡然察覺……這人不就是小醜八怪墨青嗎？

原來，在臉上那些駭人的墨痕消失後，他這張臉竟然這麼漂亮！

他立在我的墳前，細雨像是在他身上打了霜，只聽他啞聲說：「知妳嗜酸，路上幫妳摘了幾個青果子。」

我愛吃酸，萬戮門的人都知道，所以他們平時上供的從來都是將熟未熟的青果子。除了埋我的人，別人應該都不知道無字碑下的是誰，他卻知道這墳裡埋的是我。

我心下了然，必定是他在劍塚奪了萬鈞劍後，將我屍身帶來埋的。了然之後，我又是不屑，墨青利用我，又害死我，還好意思到我墳前來晃！還帶著萬鈞劍來晃！是來炫耀的嗎？可惡！

我瞪著他，生氣地想將青果子踢開，「誰要你的青果子，我又吃不到，上墳連張紙錢也不燒，你懂不懂規矩啊！」

「這果子很酸，路上我嘗過，妳一定很喜歡。」

他還嘗過？這人是不是有毛病，給人上供前，自己先舔一遍？

他全然看不見我怒目而視的神情，繼續說著：「現在的萬戮門，我幫妳打理得很好。」

什麼！他居然接手了萬戮門！我大驚。

好小子，殺了我，還連帶搶了我一手建起的門派，夠狠！不過……我確實說過誰有本事殺了我，門主之位就給誰坐之類的話……可那不是因為當時自信地覺得沒有人能殺得了我嗎！誰准他當真了！

「萬鈞劍在手，我也慢慢找回了自己的力量，逐漸收復了分裂的魔道。」

什麼！他要登上魔王之位了嗎？

「妳想要的，我都在慢慢幫妳實現。」

是啊，我想要的都被你搶走了啊！

這個混帳東西，果然是到這裡來顯擺的！

我氣得都想死而復生了。都躺土裡了，他還要特意來說這些事，是嫌我死得不夠慘是不是？明明我也算救過他一命，真是個恩將仇報的傢伙！

我扒著墳頭的草堆，只恨自己不能爬起來咬死他。

說完這些，他還沒走，又站了半晌，低聲地說道：「可惜，妳都看不見了。」

什麼！還想讓我親眼看見？我現在要是活著，不得天天被氣死百八十遍啊！這小子心腸太壞了！

我怒不可遏，一直站在碑前瞪著他，直到他在細雨霏霏中轉身離去，一襲墨衣完全沒入夜色中，我心頭的氣憤還是無法消解。

活著的時候，我從沒想過他是這種厚顏無恥的人。

我想來想去，越想越恨，覺得不找他報一下仇，簡直對不起我心裡日漸積攢的怨氣。

在墳頭飄蕩的幾年間，偶爾會有其他孤魂野鬼路過，我從他們嘴裡得知，在離我墳頭二十里的地方有個亡魂鬼市，專門賣東西給飄蕩在世間的孤魂野鬼。

我生前見過的稀罕法寶比整個鬼市都多，本是不屑於去看的。到如今，我覺得是時候去看看了，找一個能還陽的法子，時間不用太多，能讓我回去結結實實地捅墨青一刀，我就滿足了。

我向路過的野鬼問了路，當天啟程，晃晃悠悠飄了三天，終於飄到了二十里地外……

實在很累。

行得慢，也是幾年來我不曾離開墳頭的原因。二十里地，換做以前的我，不用掐訣撚咒，一眨眼就能到。如今，這魂魄之體，半分力量也無，只能靠自己緩緩地飄著。晚上還好，能借著夜裡陰氣飄快一點，到了白天，特別是正午，別說飄了，我恨不得將自己埋進土裡。

鬼的世界就是這樣，生前如何強大，死後不過是一團氣。其實也是有不同的氣體，厲鬼就比我飄得快，跟腳下踩了風火輪一樣，呼啦啦就過去了，且越厲的鬼，飄得越快，力量也越大。只可惜厲鬼被生前事所縛，離不開自己那一寸三分地，飄得再快也只能在自己那一圈瞎轉。

說來也感慨，想我路招搖，壞了一輩子，死後居然是個普通魂魄，連個厲鬼都當不成。

我不服，我得還陽，再死一次，這次一定要死得驚天動地！

替自己找了一萬個還陽的理由，我終於飄到了亡魂鬼市，鬼市裡安安靜靜，孤魂野鬼們陰氣森森地做著自己的生意，我沿著主路尋了很久，終於在路邊看到了一個氣派的店面，店門上高掛著一個牌匾，黑底白字，歪歪扭扭地寫著「回魂鋪」三個大字。

我朝裡面瞅了一眼，櫃檯罩著黑布，布上掛了幾個木牌，分別寫著「回魂半時辰」、「回魂一時辰」、「回魂一日」等不同時間。我掐指算了算，現在墨青有萬鈞劍，又接管萬戮門，眼看就要一統魔道了。若我要捅他，少說也得三五個月，這一時辰半時辰的，哪裡夠……

我還待進鋪子裡細看，忽然間，一把大刀橫攔在我身前，我順著刀刃往旁邊一看，只見這店門口一左一右還守著兩隻青面獠牙的鬼。

「叫什麼名字？」他問我。

我背著手，斜斜睨了他一眼：「塵稷山路招搖。」

他聽了我的名號，也不害怕，拿了面鏡子出來，與裡面一通對話，隨即放下鏡子，手中大刀一橫，「妳不能進去。」

我挑眉，「開店的不讓進，為何？」

「妳陰間沒錢！」

我只覺心頭中了一箭，幾乎要吐出血來了。我從沒在鬼市買過東西，也不知道他們買東西居然是像陽間一樣要錢的。

我按捺住脾氣，問他：「鬼哪來的錢？」

「找人燒給妳啊。」

我沉默了。

我找誰燒啊！這幾年來上墳的就墨青一個！他大爺的還只供了幾個路邊摘了青皮果子！這不是很扯嗎！

我又看了眼獠牙鬼，再審了審自己，最後不由得一聲嘆，認命轉身離開，任由獠牙鬼在後面笑我：「死了四五年，一分錢沒有的窮酸鬼，還敢來咱們回魂鋪。」

他說的都是實話，我就算生氣也沒資格發作。

我一路三嘆，又晃晃蕩蕩地飄了三天，回到自己的青草墳頭。

還好當鬼不用吃東西，要不然沒錢買吃的，被餓死了才是我路招搖此生最大的笑話。

想來感慨，我姓路，名瓊，字招搖，活著的時候，是應了「招搖」二字，風光無限。而今死了，卻是應了「瓊」這一字，當真窮得可憐。我生前沒吃過窮的苦，現在竟然在這上面栽了跟頭……

世事難料，難料至極啊！

我覺得我是報仇無望了，在我鬼生一片黯淡的時候，是一個雷雨交加的夜晚，我正在墳頭靜看電閃雷鳴，忽然自遠而近的傳來一串急促的馬蹄。

只見一匹烏黑的駿馬疾馳而來，馬背上一個粉衣女子在拚命掙扎著，隔了老遠就聽見她聲嘶力竭地喊：「你放開我！我不跟你走！」

背後抱著她的男子只有駕馬聲，不得回答。

待到駿馬疾馳到我墳前碑旁，天上忽然一道赤白的閃電撕裂天空，驚雷炸響，女子不知是怎麼拚命一掙，竟從馬背上一頭栽下，狠狠撞在了我的石碑上。

「咚」的一聲，血濺當場，聽得坐在墳上的我都不由得「喲」了一聲。

女子從我碑上滑下，滾進泥地裡，一身好看的淺粉色的衣服登時沾了一地泥汙。騎著大黑馬的男子緊急勒馬，都沒等馬蹄站穩，他蹬了馬就跑下來，幾大步追到我墓碑前，將那一臉黑泥的女子抱了起來，「芷嫣！」他粗獷的聲音既沉且痛，「芷嫣！」

我便站在男子背後，與他一同看著他懷裡的少女。

少女雙眼緊閉，臉上的泥混著血，沒一會兒就被大雨沖乾淨，露出了蒼白的皮膚。

「哎喲，這一頭撞得可真用力，要死了要死了。」我嘖嘖感慨，感慨完了，忽然靈光一閃，她死在我墳前，難道是天意，讓我試試傳說中的借屍還魂術？

第三章　交易

嗯，這是一個不錯的想法。

當即我摩拳擦掌，就等著這少女徹底斷氣。然而沒等多久，只見少女抽搐似地蹬了一下雙腿，隨即胸膛一起，嘴唇微張，竟是……又睜開了眼。

這樣都沒撞死！我驚嘆，這少女的腦袋怎麼這麼硬？

我失望地挪開眼，對這齣鬧劇失了興趣，剛轉身要坐回墳頭去，卻聽那才醒過來的女子倒抽兩口冷氣，一聲尖叫：「鬼啊！」

咦？叫我？

我一轉頭，盯著她。

果不其然，粉衣少女雙目瞪如銅鈴，直勾勾地盯著我，一邊拚命在男子懷裡掙扎著，「沒有腳！鬼！鬼！」

哎呀，她撞了腦袋後，居然能看見我了！好久沒有活人看見我了，我很開心，連忙向著她飄了兩步，朝著她笑，「對啊對啊，我是鬼。」

「啊啊啊！」她又是一陣尖叫，推開男子，拚命向後爬，「妳別過來妳別過來！」

男子又茫然又著急，急聲問她：「芷嫣！是我啊，妳怎麼了？」

我也向她解釋：「妳別怕我啊，我又不會害妳。」我琢磨了一下，「也不對，剛才是想害妳沒錯……」

「啊啊啊！」她尖叫不停，往後爬著，後背貼到了我的碑上，摸到墓碑，她抬頭一望，又是一怵，還待尖叫，男子抓住了她的手臂。

「芷嫣，看著我！我帶妳回去！妳別怕！」

男子不說這話還好，他一說這話，芷嫣登時又掙扎起來，「我不和你回去！你滾！」

我在一旁搭腔：「就是，讓他滾，妳留下來陪我。」

她又尖叫：「啊啊！我才不要留下來陪妳！」

男子皺起眉，茫然地問：「芷嫣，妳到底在和誰說話？」

只見名為芷嫣的女子轉頭斥道：「別管我和誰說話，反正我不和你回去！我要去塵稷山！我要入魔道！我……」話還沒說完，男子徑直將她打橫抱起，帶著她又要上馬走。

她在他懷裡掙扎，又是打又是踢，「不！我不要跟你回去！你放開我！」

聽到她提塵稷山和魔道，我剛起了興趣，她就被抱走了，看她這樣毫無章法地掙扎，我乾著急，用了自己最大的速度，邊飄邊喊：「打他呀！」

芷嫣正著急，果然聽我的話，拿手敲他的背。可她那……簡直是一個打情罵俏的打法，男子不痛不癢，帶著她走得更快，我又喊：「打他腦袋！」

芷嫣聞言，又是「啪」的一掌打在男子臉上，「我打了啊！」

男子腳步頓了一瞬，我趁此機會追上了一點距離，「妳沒打痛他啊！」

芷嫣再試著打了男子一次，「我打痛了呀！」

男子徹底停了腳步，我連忙飄了上去，一抬頭就見了男子看芷嫣的神情，他嘴角緊抿，眼神帶著三分沉痛，七分哀傷。

嗯，我心想，這巴掌大概是打得他心痛了。

不過這和我沒什麼關係，我只關心這少女沒把他打暈，他還是會帶她走的。

果不其然，男子一邁腳，顯然是不管不顧的要將芷嫣帶走。

芷嫣叫得撕心裂肺：「我不走！你放開！混蛋！」

哎呀，真是麻煩！

我最煩這種強取豪奪的事了，人家姑娘都說不走，非逮著跑，占著體力優勢欺負人啊！我一擼袖子，喝了一聲：「我來！」當即一頭撞進了芷嫣的身體裡。

就這麼義憤填膺、不管不顧的一撞，我只覺身體傳來久違的溫熱與沉重感。此時根本無暇顧及其他，我一個旋身，從男子懷裡掙脫出來。

男子一愣，怔然看我，「芷嫣？」

我一言不發，攏上沾染泥水的廣袖，目光沉凝，手上結印。男子看著我，陡然反應過來，當即神色一凝，「妳不是芷嫣！妳是誰！」

他喝完這句，右手一拔劍，只聽一聲清脆的鏗鏘之聲，我目光一轉，挑了眉梢。

剛才太混亂都沒有注意到他身側這把佩劍，要說別的仙劍我不一定熟悉，但這把劍的樣式我可熟得很，此劍琉璃為鞘，通體透徹，白玉為柄，端末掛著指甲蓋大的鎏金銅鏡，名為白水鑒心，是鑒心門的象徵性佩劍。

這男子竟是鑒心門人。

鑒心門乃十大仙門之一，當初十大仙門在劍塚中埋伏之時，鑒心門可沒少出力，十個裡面，有五個都是鑒心門人。殺我，他們可謂是下了血本。

我瞇起眼，哼哼，冤家路窄啊。

男子也是目光凶狠地盯著我，威脅道：「何方邪祟，速速現行！饒妳不死！」

我一聲嗤笑，沒眼力，我路招搖即便是附到一隻豬身上，像他這種普通的仙門弟子，也可以痛打十個。

當即，懶得與他廢話，我身型一閃，化影上前，迎著男子驚詫的眼神，在他根本來不及反應時，「啪」的一個手刀砍在男子的脖子上。電閃雷鳴在我身後，瓢潑大雨落於我四周，男子高大的身體瞬間崩塌於我身前，我拂了拂衣袖，一派風淡雲輕。

「搞定。」

然而此時，四周除了大雨淅瀝聲外，一片安靜。

沒有聽到喝彩之聲，我轉頭一看，只見那粉衣少女已成魂魄之體，孤零零地站在我的墓碑前，怔愣且呆滯地望著我，「妳……妳搶了我的身體？」

我反應過來。哎呀，好像是這麼回事。

「莫慌，身體還妳就是。只是……」我走到芷嫣魂體旁，笑咪咪地看著她，「小妹妹，先回答我幾個問題。」

她有點侷促地搓著手，「什麼問題？」

「妳一身修仙之氣，分明是名門正派裡出來的修仙者，可妳卻說要去塵稷山入魔道，是為何？」

芷嫣沉默了一會兒，杏圓的眼眸垂了下來，眸光之中隱隱藏有恨意，「仙道難修，我要尋便捷之法，去做魔修，我要報仇。」

「哦？」我抱著手問，「報仇？」

「鑒心門主柳巍殺了我爹……」她拳心握緊，咬牙切齒，「我要讓那老頭，血債血償！」

我看了一眼旁邊倒在泥地裡的男子，「他也是鑒心門人，你們怎麼攪和在一起的？我見他還滿喜歡妳。」

芷嫣神情淒涼地回答我：「我爹與柳巍老兒乃是至交，我自小在鑒心門長大，他……是柳巍幼子柳滄嶺，我本與他有姻親在身，哪想……我此次欲入魔道，他追我而來，不許我去塵稷山。」

我點頭，竟是一齣挾雜著血海深仇的虐戀情深故事，「那在他追到妳之前，妳到塵稷山了嗎？」

芷嫣抬頭瞅了我一眼，有些奇怪，「這便是塵稷山山腳，妳不知道嗎？」

我……還真不知道！

從我這裡經過的孤魂野鬼從沒告訴過我這裡是塵稷山，塵稷山山脈綿延數百里，每座山峰都有不同風景，我在這兒住了百來年也沒完全摸清過。

那小醜八怪竟然將我的屍身埋到塵稷山裡，他……

他果然是恨我，想讓我日夜仰望山峰，向我炫耀他的成就吧！

這個王八蛋！

只可惜了他的心機，千算萬算，沒算到我根本沒認出這裡是塵稷山！哼，和我鬥！也不看看我心有多大！

「我剛上了萬戮門，未來得及入門，便被柳滄嶺劫回……帶到了這裡。」

都到我萬戮門門口了還能被鑒心門的人劫走？守門的都是幹嘛的？那小醜八怪還好意思說把萬戮門治理得很好？

我對墨青的治下不嚴感到有點生氣。

芷嫣說著說著，看起來也冷靜下來了，轉頭看了看碑，又看了看占據她身體的我，「妳呢？妳是誰，為何會葬在這裡，立一塊無字碑？」

「我啊。」我彎了嘴角，淺淺一笑，「我姓路名瓊，字招搖，就是建了塵稷山萬戮門的……」

「……女……女魔頭。」她駭然地接過我的話。

我欣賞著她的表情，滿意地點了點頭，「對，就是那個女魔頭。」

我見她咽了口唾沫，儘管我知道魂體是沒有唾沫的。再次被別人用這樣敬畏的眼神仰望，我只覺身心一陣舒暢，前段時間在亡魂鬼市受的窩囊氣頓時全消。

「江湖中無人找到妳的屍身，原來妳埋在這裡……」芷嫣輕聲呢喃，「到底是誰將妳埋在這裡的……」

我正要作答，忽聽大雨外的遠方傳來腳步聲，芷嫣這身體的根骨太薄弱，聽不遠，我隨手掐了個千里耳的訣，在這耳朵上一甩，霎時如破開了塵世的迷霧，遠處的聲響動靜盡收於耳。

「門主，他們闖進了禁地，前山弟子未曾見得他們出去，理當還在禁地中。」

「何以未曾攔住？」

這冰涼的語調，略帶沙啞低沉的聲音我一聽便識了出來，是墨青。

呵，好小子，我勾唇一笑，你來得正好！

第四章　再遇

「門主曾囑咐不得胡亂殺人……」

「他處自是不可，擅闖禁地者，莫論因果，殺。」

「是……是，屬下謹記……」

「處理完此事，自去懲戒堂領罰。」

他如今倒是威風，我心頭一聲冷哼，轉了轉脖子，捏了捏指骨，「咔咔」幾聲，將筋骨活動開了。

芷嫣從背後盯著我，「妳這是要做什麼？妳不是說如果我回答妳的問題，就將身體還給我嗎？」她有點慌，興許是想到了我生前做的那些破事，「妳打算食言嗎？」

我只瞇眼看著雨幕盡頭的道路，聽著腳步聲不斷逼近，「妳剛才不是問，是誰埋的我嗎？」我指向某處，「自己看吧。」

我話音一落，一身黑袍的墨青，果然出現了。

「是……是萬戮門主……厲塵瀾。」

哦，原來他叫厲塵瀾啊，我輕笑，老魔王之子，是應該姓厲沒錯。當初初遇，他死活不肯說自己的名字，害我幫他想了一個，現下想來，我真是被他從頭騙到尾了。

「小姑娘。」我喚芷嫣，「妳先前說，想拜入萬戮門是吧。」

芷嫣愣愣地看著我，「是……是啊。」

「我有個簡單的法子。」我轉頭看她，歪著嘴角邪邪一笑，「我建萬戮門就立下的規矩，誰有本事殺了我，誰就有資格當下任門主。我琢磨著，妳要報仇，進萬戮門當個小弟子實在沒意思。不如……」我笑得露出了虎牙，「我送妳一步登天，妳意下如何？」

「什麼叫……一步登天？」芷嫣顯得有點懵。

就是，讓妳去當門主啊。

我在心裡答了她這句話，隨即眸光一涼，手腕一轉，地上的白水鑒心劍被我吸入掌中，我一抹劍身，除去水與泥，盯著瓢潑大雨那頭邁步踏來的墨青。新仇舊恨湧上心頭，我腳下借力，騰身而起，長劍一揮，劍氣如虹，徑直殺向一襲黑袍的墨青。

「保護門主！」門徒們在後面喊，聲音未至，我劍氣先砍在墨青身上。

只聽「咣」一聲，似地面的一道閃電，摩擦出雷動之聲，我在模糊的雨幕當中得意洋洋地翹著嘴角笑。芷嫣的身體，內息不夠，力量不足，但饒是一具根基再差的身體，讓我來玩，我也……

我也……

好像玩得不怎麼樣。

劍氣的光華消失後，墨青依舊靜立雨幕中。我方才那記劍氣，別說傷了他，連在他衣袍上留下一道痕……都沒有，卻成功地讓他注意到了我。

隔得遠，又下著雨，我看不太清他的表情，但是能明顯地感覺到，這個人和之前站在我墳前時恍若兩人。他眸中寒芒如星，殺氣冷然，與我認識的那個小醜八怪好像根本不同人了。

我有點失神，然而在這片刻間，墨青忽然動了。

沒有一點點防備，他就這樣一個閃身落至我身前，我只來得及看見他掌中金印一閃而過。

殺招！中則必死！

這念頭在我腦海中一閃而過，我急中生智，拿著白水鑒心劍堪堪一擋，「咣」一聲脆響，宛如水滴落入湖心，我被這股大力狠狠推了出去，撞破雨幕，飛了好遠才落地，滾了一身的泥，最後撞上一塊石頭，勉強停住。

我「哇」地吐了口血，丟掉手中斷了的劍，狼狽趴在地上，吐了半天，喘不過氣。

這小醜八怪，現在……玩得……很溜嘛，呵呵。

「啊啊啊！」然而比我叫得更慘的，卻是站在我碑前的芷嫣魂魄，「我要死了！」她驚慌失措，像鍋邊的螞蟻，圍著我的碑直轉，「我的身體要死了！」

我咳了一聲，吐掉喉嚨裡的血，「死不了。」我喑啞地說了這句話，一抬頭，看見再次落到我身前的墨青。

他臉上的墨痕不知消失了多久，然而此時的他臉色看起來，竟比以前有墨痕的時候可怕千萬倍。

我心知，現在我和墨青之間，簡直有一萬個柳滄嶺的差距，可既然惹了他，那為今之計唯有……

抱大腿。

「少俠在上！」我喊了一聲，「小女子，甘拜下風！」

芷嫣在那邊喊：「死了死了，你們萬戮門的人，從來不留活口的，厲魔頭心狠手辣，妳一定死，我也一定死的，完了，沒辦法幫我爹報仇了……」

她在那邊嘰嘰喳喳地嘀咕，除了我，連墨青也聽不到。我也知道，萬戮門的人，要是抱個大腿就能打發了，那咱們當年也混不成魔道的第一大幫了……

於是我賊兮兮地抬頭瞥了墨青一眼，打算揣摩揣摩他的心思，再隨機應變。

沒想到，我抬頭看到的是有些發怔的墨青。他看著我，又像是透過我在看別的東西。

反正我是搞不懂你們年輕人這種迷離眼神的，我只用看搞懂他現在不想殺我就可以了。

嗯，抱大腿有用。

留下芷嫣的身體，報仇的機會還多著，於是我堅定抱大腿側落，徹底改變了送芷嫣一步登天的計畫，打算走迂迴戰法。

「少俠！啊不是，那個……厲門主！小女子路……」我忽然打住，咳了一聲，

「路芷嫣。」

芷嫣的魂魄終於奮力從碑前飄了過來，她一邊抱怨鬼走路怎麼這麼慢，一邊說：

「我不姓路！」

誰管妳姓什麼，平時自己名號說得太順口，差點說漏嘴，我能順口圓謊已經不錯了好不好。

我不搭理她，自顧自地編：「我父親被鑒心門柳巍所害，我走投無路，一心前來投靠萬戮門，卻不想在山門前被那鑒心門弟子脅迫，劫來此地，闖了禁地，實屬無心之過，還望門主海涵。」

看著我精湛的演技，芷嫣都口瞪目呆了，「路招搖……妳……居然是這樣的魔頭……」

哼，小丫頭不懂事，能伸能屈才是成為魔頭的第一準則好不好！

我忍不住，悄悄白了飄過來的芷嫣一眼，就在這時，墨青開口了。

「一心投靠？」他上前一步，踩在已經斷裂的白水鑒心劍上，「劍招卻使得不錯。」

他語帶諷刺，提醒著我一見面就對他刀劍相向的事實。

我眼珠一轉，笑道：「看見門主太過激動，便想與您切磋切磋。不是我吹牛，憑我的本事，如今萬戮門中人，除了門主，私以為，再無人可收我為徒。」

我仰頭，帶著一嘴的血，滿身的泥，身形狼狽卻目光真誠地望著他，「門主，我是想拜您為師啊！」

墨青垂頭看著我，眸光沉凝，一言不發。

我依舊不懂，只能任由掉落成線的雨在我與他之間織出一層又一層的網，濕了我的髮與臉一遍又一遍。

終於，他身形微微一動，這具身體是生是死，全於他一念之間……

「哼，想拜門主為師，妳這仙門的走狗，想得倒美！」身後跟來的護衛驀地插話，我眼神一轉，記住了這張塌鼻子小眼睛的臉，他說完話，腳步沒停，邁過墨青便提刀要來砍我。

哼，居然膽敢走在門主身前，不懂事！一看就知道你在萬戮門裡的地位不高！

我心裡正嫌棄著，果不其然，他大刀還沒抬到最高，整個人便被一道無形的力暈一擊，一屁股摔進泥地裡。

墨青側了眼眸，目光寒涼，「誰給你的膽動手？」

「門……門主。」塌鼻子隨從連痛都不敢喊，立馬趴在地上跪好了，「門主方才不是說……擅闖禁地者，莫論因果，殺……嗎？」他渾身發抖，語調有點可憐委屈。

我作證，墨青確實這樣說過。

不過，門主身為門派最大，說什麼就是什麼，不容他人置喙或質疑。

畢竟我也是當過門主的人，我能理解墨青作為門主，遇到一個愚蠢屬下那種尷尬的心情。

於是我善意地打了圓場，「我不是擅闖呀！我這是被逼著闖的，不能殺我。」

我一扭頭，指著那邊被我打暈過去的柳滄嶺道，「殺他，都是他的錯。」

「不行！」

芷嫣在旁邊叫了出來。

可除了我之外，沒人聽得到一隻鬼的話，哪怕是拿到了萬鈞劍，修練得這般厲害的墨青。

我瞥了芷嫣一眼，沒打算理她。這個鍋不讓柳滄嶺背，就沒人背了，我又不傻，當然優先保住芷嫣的身體，柳滄嶺死不死，和我又沒什麼關係。

我轉回目光，望向墨青，等待他來做決定。

最終，墨青終是轉身走了，只留了一句話：「戲月峰，自去令人安排住宿。」

這便是同意讓我留下來了，然而收不收我當徒弟、殺不殺柳滄嶺卻沒細說。只是在離開前，他路過我的墓碑時，腳步微微一頓，稍動手指，一個閃爍著金光的結界在我墳上凝結而出，像撐了一把大傘，擋住了瓢潑而下的大雨。

我眉梢一挑，這是什麼意思？順手給個施捨嗎？

沒機會問，也無法問，墨青的身影，徹底隱沒在了雨幕裡。

第五章　入門

墨青離開了，跪在地上的小塌鼻子才抖著身體爬起來。

小塌鼻子一臉茫然地看著我，又看了看那邊的柳滄嶺，「那是殺還是不殺……」

「你是看門的吧？」我問他。

他點頭。

「就看一輩子門吧，別往上面爬了。」我勸他，「爬上去死得快。」

做主的人走了，小塌鼻子是個笨的，我看了芷嫣一眼，見她目光期盼地盯著我，我便道：「門主都收我為徒了，今天是發了慈悲，那個傢伙算他命大，丟出塵稷山得了。」

「這哪行！擅闖禁地的人，怎能輕易放過！」在這一點上，他倒是很堅持。

我一撇嘴：「那就隨便拖去哪個地牢裡關著啊。」

他一想，覺得有理，立即便吩咐後面的人去抬柳滄嶺。芷嫣還待想阻止，可是魂體也摸不著人，只得眼睜睜地看著柳滄嶺被拖走。

小塌鼻子這方要與另一個侍從來扶我，我躲開了他的手，「我傷重，你們多喊幾個人拿轎子來抬我呀。」我道，「我現在可是門主的徒弟了，伺候不好，小心回頭我跟門主告你們的狀。」

另一個人不屑地哼了一聲，「門主饒妳一命，便自詡為門主的徒弟，好生臉大！」

我更不屑地哼了回去：「沒眼力的看門僕，你們門主之前說什麼，擅闖禁地者殺，可他殺我了嗎？別人都殺，為什麼不殺我，動動腦子想想，我是不是真臉大？」

兩人面面相覷，不說話。

我一揚手，「去，幫我喊轎子。」

他們乖乖聽令了。

芷嫣在旁邊感慨：「妳作威作福……還真是有一套。」

人都走完了，我才放心大膽地和芷嫣說話：「妳口是心非也很是有一套嘛。」

我半倚在石頭上，懶懶地睨了芷嫣一眼，「吼著叫著不要跟柳滄嶺走，說著喊著要報仇，可真要殺柳滄嶺了，妳卻第一個不許。那不是妳仇人的兒子嗎，這麼關心？」

芷嫣被我說得啞口無言，囁嚅了半晌，才道：「我恨的是他父親，和他無關……」她頓了頓，「不說這個，妳方才說的一步登天，就是送我去當墨青的徒弟嗎？」

「啊，算是吧。」雖然一開始我是想讓她去直接搶了墨青的位置，不過現在看來，要用這個身體殺墨青，可謂任重而道遠啊。

「妳還滿厲害的嘛。」她誇完我，走到我面前，「現在可以把身體還我了吧？」

「嗯？」我眸光一轉，「還妳？為何？」

她神色一愣，「妳剛才把人支走，不是就為了還我身體嗎？」

我笑著看她，「小姑娘，妳是怎麼產生這個錯覺的？我那不叫支走他們，我那只是單純想讓他們抬轎子來接我。」

「妳不是說要把身體還我嗎！」

我打了個哈欠：「我確實說了將身體還妳，可我又沒說什麼時候還。」

「路招搖！」她炸毛了，「妳無恥！」

這個詞也很久沒聽到了，甚是懷念。我淡定地擺了擺手，說道：「我們來談個交易吧。」我望著她的魂體，「身體我終究會還給妳，畢竟我也不是特別想活過來。我只有一個願望，等我滿足願望後，我就還妳身體，而在這個期間，便算妳把身體借我，我是還不了妳一個身體，不過我可以用妳的身體幫妳報仇，妳意下如何？」

她沉默。

「我和妳直說吧，鑒心門主對我來說可能就是小菜一碟，但憑妳自己的本事，要想報仇，不知要等到何年何月去了。」我歪著嘴角笑，「我活著的時候，想求我路招搖幫忙的人可是比塵稷山的草還多，我一般都不搭理的，這機會於妳而言，算是可遇而不可求啊！」

芷嫣神色沉凝。

她沒答話，遠方的腳步聲卻傳了過來，我往遠處一張望：「啊，轎子來了。」我看了芷嫣一眼，笑道，「妳不是要入魔道嗎，我今日便算是好心教妳第一課，在魔道，我這樣不算作威作福，我這叫手段。妳且記著，出場的時候就得壓人一頭，這樣以後的日子才比較好過。」

幾個魔修行得還快，眨眼就走到了我跟前，他們小心翼翼地將傷重的我扶上了轎子。

此時芷嫣卻開口了：「不行，這仇我要自己報仇。」她道，「這是我自己的家仇。」

我一挑眉，嗯，這倒是個有骨氣的女孩子。只可惜……

只可惜，妳說晚了，我上了轎子，現在下不來啊。

魔修腳下起風，抬著轎子，帶著我一路向前，我見芷嫣「疾步」在轎子後面追，可她一隻「新鬼」飄的速度完全是慢得讓人心疼。

沒多久，就落下好長一段距離。

這是好心的第二堂課。我舒舒服服地躺在轎子上，任由她在後面又追又罵，心裡想著，要修魔，就不能相信任何人，那些名門正派裡出來的小姑娘，還是嫩了點。

四個轎夫抬得穩，我躺出了一點睡意，在離開這片禁地時，正是雷雨驟停，月出雲霽，夜最深時。

想不到我這一生，變成鬼後，居然還有興風作雨的機會。

我想，我的新生活，馬上就要開始了。

然而……其實並沒有。

因為第二天早上，當我一醒，我就發現……

我、又、變、成、鬼、了！

毫無徵兆！

我徹底傻在芷嫣那具昏睡的身體旁邊。

稍微回過神後，我試圖再次進入芷嫣的身體，卻只是穿過了她的身體，我下半截透明的魂體，陷在床榻裡面，附不了她的身。

為什麼？

我很困惑，盯著那具身體細細思量。

昨夜被抬回來時，我雖然還有幾分意識，但已經處於半昏迷狀態了，這個身體傷得太重，我沒多餘的力氣操控，只得任由他們將我抬到戲月峰上，等戲月峰的人給我洗漱治療了一番，安頓我睡下。

直到我閉眼前，一切正常，仙門那個小姑娘的魂魄早被落在那個山谷墳地邊，一個晚上的時間，以她的速度，絕對飄不上來，不可能奪回這具身……

「嗯……」

芷嫣的身體一聲嚶嚀，緩緩轉醒。

她居然醒了！

我震驚。她的魂居然自己飄回來了！是她把我擠出來的嗎！

「我……」她一動手臂，立即低呼出聲，「嘶……好痛。」

廢話，受這麼重的傷，也只有我這樣堅韌且歷盡風霜的魔頭才能忍住。

「路芷嫣。」我喚她名字。

「我不姓路！」她反駁了我一句，然後一轉頭，瞪著我，像見了鬼……嗯，就是見了鬼這樣滿臉錯愕地瞪著我，「妳！」她倒抽了兩口氣，顫巍巍地指著我，滿色蒼白。

待緩了片刻，她才說道：「我的身體……找回來了。」

我冷哼：「妳的確找回去了。」

「怎麼會……我昨天明明沒能追上你們，為什麼？」她一臉好奇充滿求知欲地望著我。

我怎麼知道！

我很憤怒，這些人怎麼都學會得了便宜還賣乖？墨青是一個，鳩占鵲巢還在我墳前來炫耀；這裡又來一個，搶贏了我，還問我為什麼她會贏。

我不搭理她，只晃悠悠地飄到窗前，往外面望了一眼。

感覺很惆悵。

身體沒了，我沒辦法找墨青報仇，美好的計畫再次落空。這些都是其次，現在讓我最愁的問題是，二十里地，我要飄三天，從戲月峰到我墳邊，一共要飄多少天啊……

我看了看天色，約莫辰時三刻了，要回墳前，就得趕緊上路，省得到了午時，陽氣太濃，又沒辦法趕路了。

我正準備穿過房間牆壁離開時，躺著的芷嫣奮力起身喚了我一句：「妳要走了嗎？」

「不然呢？留下來觀賞活人們的幸福人生嗎？」我也回頭看她，見她一臉柔弱地躺在床上，眉宇間寫著「未來一定會被低層魔修們欺負得連狗都不理」這一行大字，我沉默了一瞬，還是給了她一個忠告。

「奉勸妳一句，趁早抱緊墨……不對，抱緊那厲塵瀾的大腿，想方設法地湊到他身邊去。讓他幫妳報仇，比妳一個人在萬戮門裡瞎折騰，來得方便快捷安全得多。別死腦筋想著自己去報仇，誰殺了他，他都是死啊！我送妳這個厲塵瀾徒弟的身分，算是妳在我墳前撞了一頭的緣分禮物吧，我走了。」

我不再搭理她，晃晃悠悠地飄走了。

我跋山涉水，花了快十天的時間，飄回墳前。又恢復了坐在無字碑前，繼續哀嘆我死後悲慘鬼生的日子。

但，到底是天無絕鬼之路！

半個月後，在一個夕陽斜照的傍晚，我感到一股仙氣飄到我墳前，適時我正在墓碑後躲太陽，見了來者，我挑了挑眉，「路芷嫣，妳來哭喪的？」

「我……不姓路。」她抽抽噎噎地回答我，然後往我墳前一坐，「我……我還是把身體給妳，妳幫我報仇吧。你們魔道，太難修了……」

我聞言，懶懶地往墳頭上一倒，翹起二郎腿，上上下下將她打量了一番，「哦，求我幫忙啊？」

這才是我熟悉的態度，熟悉的立場。

「妳……妳會幫我嗎？」

我瞇著眼睛笑，露出了小虎牙，「那得看，妳能給我什麼好處。」

「好處？」芷嫣淚眼朦朧地盯著我，「我都把身體給妳了，還能給什麼好處？」

「也是。」我點頭，「那就賒著吧，等回頭我把妳身體還給妳了，妳再給我好處。」

芷嫣顯然是已經被戲月峰那些魔道中人嚇壞了，對我這種坑本還騙利的行為，竟然點頭答應了。

我很滿意地說：「現在太陽還在，陽氣太重，上次我白天沒擠得進妳的身體，子時的時候再試試。現在這段空餘的時間呢……」我瞇著眼睛笑，「妳就跟我說說，戲月峰上那群小妖精，是怎麼欺負妳的吧。」

交易，最重要的就是公平，我說幫她，就一定幫她，不摻水，不摻假，保證童叟無欺。說打你，就一定打到你哭著喊爹爹。

第六章 轉機

聽完芷嫣抽抽噎噎地哭訴，我大概瞭解她被欺負的經過了。

我離開時，讓她去抱緊墨青的大腿，但是這姑娘是個矜持且自尊心非常高的人，她並沒有打算那麼做。她打算想靠自己的本事在萬戮門裡好好修魔，待學有所成，再去找鑒心門的柳巍老頭報仇。

我聽完後一聲嗤笑，只道少女妳還是太天真。

果不其然，沒過幾天，戲月峰上的魔修們發現這個被抬來的「門主徒弟」並沒有想像中那麼厲害，和門主的關係也沒有想像中那麼好。

於是，之前對她和顏悅色的人，開始冷言相對，之前對她照顧有加的人，開始打趣甚至羞辱她，她想做到安安靜靜地靠自己學有所成，根本不可能。

不到一個月的時間，秉著「以和為貴」的正道修仙女子，因為鮮少反抗，成了所有人發洩不滿的眾矢之的。戲月峰上的男魔修開始占她便宜，而今天，觸及了她的底線，她終於怒起反抗，可惜這時，完全沒有人幫她了。

女魔修們站著看熱鬧，男魔修們變本加厲地想占便宜。

芷嫣倉皇之下，禦劍逃了出來，魔修們緊追不捨，直到她跑進了禁地中，終於沒有人敢追上來了。

她哽咽地說完這一月的心酸經歷，已經快到子時了。

我蹲在她面前看著她，「小姑娘，靠自己是可以的，這個世界很多時候確實只能靠自己，但靠自己的前提是，妳夠強。當自己不夠強的時候……」我費解地看著她，「妳就不能動動腦子，想想我跟妳說過的話，去討好厲塵瀾嗎？」

「我是發現靠自己不行，這不是來找妳了嗎……」

嗯，這確實也算一種辦法。

她抹了抹淚，看了我一眼，「而且，找厲塵瀾的話……厲塵瀾可是門主，那麼高高在上……在戲月峰待了幾十年的人，都沒見過厲塵瀾一面，我憑什麼能討好他，讓他幫我……」

聞言，我憤怒了。

「我也是門主啊！我曾經也高高在上啊！因為我死了，妳就覺得我好欺負一些嗎！」

她又看了我一眼，「是啊。」

「……」

我咬牙，只覺面前這個，和之前那個看門的小塌鼻子一樣都是個不長心的。不過看在她要把身體上供給我的分上，我打算饒過她言語的不敬。

「妳對厲塵瀾的擔心完全是多餘的。之前我不是說了嗎，厲塵瀾說，擅闖禁地者殺，可他為什麼沒殺妳？」

她一臉淚光，呆怔地看著我，「為什麼？」

我嚴肅道：「因為他看上妳這具肉體了啊！」

芷嫣渾身一震，「什麼！」

「不然呢，他還能有別的什麼不殺妳的理由？」

芷嫣想了想，「那個時候，是妳在我身體裡面呀，唔，說不定，他是看著那時候的我，想起了以前的妳？」

我又是一聲嗤笑，「墨青現在是萬戮門主，他這位置是從我手裡搶過去的，他現在好不容易坐穩了位置，要在這時讓他知道我借屍還魂了，妳說，他會怎麼對我？」

「斬……斬草除根？」

「還不算太笨。」我抬頭看了看天色，見已是子時，便道，「時間差不多了，咱們試試吧。」

芷嫣挺直了背脊坐好。我也收住心神，摒除雜念，心無旁鶩，一頭撞入她的身體中。

霎時間，指尖一暖，腳下一沉，熟悉的身體沉重感湧上。我眨了眨眼，看向墓碑，只見碑前芷嫣的魂魄呆呆站立一旁。

果然，占別人身子這種事要晚上做比較好！

我站起身，握了握拳頭，感覺手掌的力量，心中登時一片明亮，終於，這身體歸我了！

然而，我還沒來得及高興片刻，便察覺到一股氣息閃至我身後，我眉目一凝，正是要躲之際，卻覺已有手掐上了我的脖子，將我提了起來。

呼吸瞬間被奪去，我在窒息中看著面前這人，只見他一襲黑袍依舊，卻面如寒霜，眸光似刀，寸寸刮骨，「又是妳。」他神色冰冷，「擅闖禁地，休想我饒妳第二次。」

芷嫣靈魂在旁，嚇得連連抽氣驚聲大叫：「妳看吧！還讓我去討好厲魔頭，還說他對我有意思，有殺我的意思還差不多！還好我沒去！」

我心裡那個氣啊！要不是這具身體太沒用，我能被墨青欺壓成這副德行嗎？

而且這墨青也好笑，幹什麼每次都在我和芷嫣換了身體後來為難我，真是命中註定剋死我！

我抓著他的手臂，拚命使力掰開了些許縫隙，啞聲道：「上次是被逼的，這次……我也是被逼的……」

墨青一聲冷笑，將我狠狠扔在地上。

我連忙捂著脖子又是咳又是喘，嗡鳴不斷的耳朵裡，聽見了他含著殺氣的諷刺冷笑，「被逼？外面的魔修？」

墨青上次與我一見面，就接了我兩記劍招，若照那兩記劍招的實力來算，整個戲月峰的低等級魔修，確實都不是我的對手。

可這具身體被欺負時，是弱得比雞也不如的芷嫣在掌控啊！我無從解釋，為防墨青懷疑，只得急中生智，指著我自己的墳道：「是她，我是被她逼的。」

此話一出，墨青陡然默了一瞬。

我再抬頭看他，只見他眸光帶著審視，望著趴在地上的我，「妳知道這是誰的墓？」

「知道，路招搖……」

他眸光森冷，滿臉肅殺，「從何得知？」

「夢裡。」我一邊琢磨一邊編，「她每天晚上到我夢裡來，逼我燒紙錢給她。」

「她入妳夢？」墨青打斷了我的話，瞇著眼，充滿了審視與懷疑。

我琢磨了一下，讓墨青知道我的魂魄還存在，可能不太好。不過，管他呢，鬼神之事，他查也查不出什麼名堂。

乾脆我直接利用這件事布個局。

讓墨青知道我魂魄還在，可他並沒有辦法找到我，墨青為保自己的地位，一定會花費功夫去找鬼。他在做此事的時候，我就可以用芷嫣的身體潛藏在他身邊，打著路招搖日日入我夢的藉口，假意幫他尋找「路招搖」，一邊擾亂他的思緒，一邊接近他，從而走入他的生活，博得他的信任，從此時敵在明我在暗，在他卸下防備時給他奪命一刀！

多麼完美！

我被自己轉眼間就生出計畫的智慧折服了一瞬，然後繼續盯著墨青，一臉嚴肅地說：「對，她讓我給她燒紙錢，不然，就要作祟殺了我。」

墨青沉默半晌，那雙黑瞳裡像一個漩渦，藏住了所有情緒，讓我揣摩不到他的心理。

我等他表態，等了半晌，他卻只開口說了三個字：「不可能。」他垂下頭，彷彿在呢喃自語，「她若還在，必定先來尋我。」

呵，小醜八怪倒是看準了我的心。我人生唯一的遺憾就是沒能帶你一起走。我若復活，當然第一個來尋你，然後帶你走！

就像現在這樣。

這時卻不能這樣說，我只得道：「我也不知她為何就只來找我，興許……是我上次在她墳前一撞，被她纏上了……她在夢裡好生嚇人，我也是被逼無奈……門主，我二闖禁地，著實怪不得我。」

我可憐巴巴地望著他，因為剛才芷嫣哭過，眼圈還有點發澀，努力睜著眼睛不眨眼，沒一會兒，脆弱的眼睛又盈滿淚光。

他靜默的看了我許久。

我心裡其實知道，在萬戮門人面前裝可憐是不管用的。墨青也算是我帶出來的，我如今裝可憐，如果能管用，那一定是因為……

「起吧。」

聞言，我心裡暗暗認定，墨青果然對芷嫣這張臉感興趣，捨不得殺呢！

墨青側眸睨著我，「她在妳夢裡，如何？」

「誰？路招搖女魔頭嗎？」我審了一眼墨青的臉色，斟酌道，「她啊，她面色蒼白，形容狠戾……」我說著，但見墨青懷疑地瞇了眼，我知道他是在審視我，於是我立即融入了自己的感情，道，「她其實和活人也沒什麼區別，就是恨你，說你搶了她的位置，害了她性命，她要回來找你報仇。」

當年在劍塚之中的人，應該全被萬鈞劍出鞘的劍氣給震死了吧，世人就算有猜測，也無法斬釘截鐵地說出我是被墨青殺死的。

是以，我說出一件只有他與我知道的事，最能打消了他的懷疑。

果不其然，墨青聞言，沉默許久後，他才微微轉了頭，盯向我那無字碑。

芷嫣的魂魄正在那方，她呆呆地看著墨青，直到墨青垂下頭。

他一聲呢喃：「那怎麼，還不來呢……」

哎呀，挑釁我？聽得我都有點想捲起袖子動手了。

不過很快我便調整了自己的情緒，現在不是和墨青硬碰硬的時候，我憋住氣，提醒自己忍辱負重，不能衝動。

墨青呢喃完這句話後，沉默地轉身離開。

他沒說怎麼安排我，於是我便站在原地，看著他的背影，而芷嫣卻湊到我的身邊，困惑地說：「厲魔頭剛才的表情，好悲傷啊。一點都不像個魔頭，反倒像個被丟下的小孩……」

墨青在前面，我不便和芷嫣說話，只能給她一個大大的白眼。

名門正派，總養一些自作多情的渣渣出來。

墨青會悲傷？他現在大權在握，要悲傷，也只會嘆一句天下之大，高峰雪寒，無人懂我第一的寂寞吧！

第七章 認師

問完話，眼看墨轉身就要離開，走了幾步，他終於停下來回頭看了我一眼。

我遠遠接到他的眼神，立即往前跑了幾步，「門主，您是讓我與您一同出去嗎？」

「留在這裡的沒有活人。」

於是我連忙追上去，見他這態度，我便知道，這次成功逃過一劫了。

不過……我還有一件事要做。

「門主，我還有一事和您說。」我道，「現在我雖然是您的徒弟……」

「誰說的？」他腳步一頓，神色冷淡地打斷了我的話，複而轉頭盯著我。

我也就這麼直勾勾地盯回去，「上次見面的時候，我與您說過呀，要當您的徒弟。」

「我答應了？」

「您沒拒絕。」

「……」

他又沉默了，我便當他是默認，信念堅定地回到剛才的話題上：「就說我現在雖然是你徒弟……」我特意在此處停頓了一下，瞥了他一眼，見他沒再有意見，我才繼續說下去，「我到底是後來者，所以我對戲月峰的師兄師姐們十分敬重，是以他們雖對我十分嚴厲，我也只當他們是在鍛煉我。沒想到近日幾位師兄有點行為不端，甚至有辱我清白，委實過分，今天我本打算來燒錢的，被他們追趕了一路，紙錢都掉光了，您看……」

墨青腳步不停，頭也沒回，「沒人讓妳敬重他們，萬戮門中，實力說話。」

言下之意就是不管。

我點頭，也罷，反正現在身體歸我了。在我面前，那些戲月峰的小妖精還能笑得出來，我的名字就倒著寫！

我跟著墨青走，未出山谷，正在路上，我便聽到了前方轉角之處，有人聲爭執，一方是那小塌鼻子的聲音，他說：「我必須要將此事報給門主，方可進去捉人。」

另一方是魔修們七嘴八舌地勸：「何必驚動門主，這靈谷我們不能入，你們能入啊，你們進去將那仙門的小蕩婦抓出來，直接殺了，你們也不用為難，我們也不用為難。回頭門主問起，就說她要硬闖山谷，你們阻攔不得，最後只好動手，不就得了。」

聽他們對話的意思，竟是芷嫣闖入禁地這般久了，他們還沒稟報門主。

我挑了挑眉，在我看來，做壞事不是罪，咱們修魔道的，殺人練功，搶人法寶，門內廝殺，窩裡鬥狠，明面一套背後一刀，才是該有的本色，要不幹嘛修魔呢？

是以，基於這個原則，我以前辦事辦人都很簡單——就兩個原則。

一是看心情。

有人犯事，我心情好就不管，心情不好就打斷腿丟出山門。

第二個原則，就是他幹的壞事，害了我的，不管心情好不好，統一打死，鞭屍，拖出去示眾。

欺上瞞下，欺的是他的上級，就照第一個原則處理，若欺的是我，那就是第二個原則處理，山門鞭屍臺等你光臨。

所以，今天這個提議要「瞞著門主」的魔修，要是落在以前，天亮前，就該吊到山門前的掛屍柱上餵禿鷲了。

只可惜現在門主不是我。我轉頭瞟了眼不動聲色的墨青，等著看他待會兒的治下手段。

走過山路拐角，只見道路前端一塊大石寫著「禁地」兩字，靜靜佇立，而大石前方是一塊山裡難得的平地，魔修與小塌鼻子就在那裡爭執著。

七、八個戲月峰的低級魔修有男有女，與小塌鼻子爭得最激烈的是為首的一個短髮男魔修，他們並沒有察覺到我和墨青的到來。

是面朝我們這方的小塌鼻子發現，喚了聲門主，所有人的臉色就跟唱戲變臉一樣，刷地白了。見到墨青身邊還跟著我，幾個魔修連脖子都嚇白了。

嗯，看這樣子，墨青在門人中立威，立得還算是不錯嘛。

「禁地有人闖入，何不阻攔？何不通報？」墨青明知故問。

幾個魔修登時跪了下去，頭也不敢抬。

那小塌鼻子卻極為難地看了看我，又看了看墨青，「門主……我真的……不知道該不該殺……」他一臉腦子不夠用的困窘模樣。

設身處地地想了想，我覺得我可以理解他，但他委實愚笨了些。

我忍不住道：「問你為什麼不阻攔通報，誰問你殺不殺了。」我轉頭看著墨青，一臉可愛的笑，「您是這個意思吧，師父。」

我喚出這一聲，地上幾個魔修的臉色更精彩了，五顏六色，跟走馬燈似的。那小塌鼻子在後面狠狠地錘了下拳頭，一副「我終於懂了」的神色。

墨青瞥了我一眼，沒答應也沒否認。

他信步走到幾個魔修身前，聲調淡漠地說著：「久未關注收門徒一事，卻也不知，如今我萬戮門中，所入門徒，竟都膽大至此。相互傾軋便也罷了，指使他人，欺瞞枉上，禁地此處也敢放肆。」他言詞一頓，周遭氣息的壓力陡然增大，我即便站在後方，都感覺到了胸悶。

地上跪著的那幾個魔修，有內息稍微弱一點的，一張嘴便嘔了口血出來。

「誰給你們的狗膽？」

他這一問，地上所有魔修都發抖顫聲地喊著：「門主饒命，門主饒命！」

然而任由他們如何求饒，四周的巨大威壓全然未減。

我心道墨青今晚要開殺戒了，想來他處理這種事的方式，與我之前並無二致，待會兒也是鞭屍臺掛屍柱上走一遭。

哼，我在心頭嫌棄，沒新意。

我本來還想著能露一手呢，許久沒收拾人，我心頭還癢，結果就被墨青這麼老套地解決了。這下回了戲月峰，便是不用我立威，其他人口耳相傳，也能將別的魔修嚇死了。

畢竟，墨青讓我活著出了禁地，我喚他師父他還默認了，之後又殺了其他幾個冒犯了我的魔修，不管其中原因如何，在外人看來，夠唬人了。

便在這時，為首的短髮男魔修倏地嘔出一口血，整個人脫力地倒在地上，墨青的力量慢慢消散下去。

哎？我有點愣住，不是還沒死嗎？不接著壓了？

我轉頭看墨青，只聽到他下令：「遣去山下順安鎮務農，十年不可歸山。」

等等……我是不是哪裡聽錯了？

鞭屍臺呢？掛屍柱呢？不讓禿鷲把他們突突突地啄了，就這樣趕下山嗎？十年而已，還讓他們回來？還務農？務農是怎麼樣的酷刑？我怎麼沒聽說過！

我一臉錯愕地盯著那幾個魔修，他們領了命，互相攙扶著爬起，一瘸一拐地走了。

竟然全身而退啊！

墨青啊墨青，你真是一個讓我看不懂的醜八怪啊！

以前殺我殺得出其不意，現在治下的手段也真是出其不意。

我皺著眉打量他，他處理完了幾個魔修的事，也沒再耽擱時間，只轉頭吩咐了我一句：「日後她若再入妳夢，與我來報。」隨即，他的身影就消失在茫茫黑夜中。

我在黑夜中站了一會兒，小塌鼻子迎上前，「姑娘。」他這次很客氣，「我喊轎子來送妳回去？」他幾乎是半躬著身子在詢問我。

我轉頭看他，「塌鼻子，我問你，務農是什麼意思，你給我解釋一下。」

小塌鼻子聽我這般喊他，默默捏了捏鼻子，道：「就是去山門前農地裡幹農活啊。」

我更無法理解了。撇開用「幹農活」來處罰人不說，主要是……

「山門前哪有地方可以幹農活的？」

我當萬戮門主時，為了顯得萬戮門特有氣勢，在塵稷山主山門前布了千險之關。

槍陣、箭陣、邪火灼燒、酷寒冰地，擅闖者不是死就是生不如死。山門前方圓三十里地，沒我萬戮門允許，蒼蠅也別想飛進來一隻。在名門正派的眼裡，我塵稷山山門，可謂是完美的現世地獄的代表作！

現在卻有人跟我說，要派人去山門前幹……農活？

啊，我懂了，原來墨青你好這口。給他們布置不可能完成的任務，讓他們在殺陣裡幹農活，從而折磨他們是吧……

「本來是沒有的。」小塌鼻子盡心盡力地解釋給我聽，「門主接手萬戮門之後，把以前的陣法除去，還地於民，供大家耕種糧食。」

我差點吐出一口血，「你說什麼？他把什麼除去？」

小塌鼻子小聲湊到我耳邊說：「前門主的陣法。門主將那些抹了，第一年地還荒，沒什麼收成，這兩年收成可好了，種什麼都豐收，現在正值春日，塵稷山門前一片生機勃勃呢。咦，姑娘妳來的時候，沒看見嗎？」

我……

我要是看見了，大概要氣得自戳雙目，瞎在那裡了。

第八章 紙錢

魔教！什麼叫魔教！

魔教就要有一個魔教該有的樣子！就該有火！有血！有熔岩！有刀劍！要殺氣凜凜！要有近我者死的氣勢！

什麼春季盎然，生機勃勃，什麼種菜種糧，收成大好，你是土地公嗎？你是財神爺嗎？

咱們是魔教！就吃凶神惡煞這碗飯的！

「鞭屍臺呢？還留著吧？」我問他，「當初挖得那麼辛苦才挖出來的巨型白玉石，象徵著萬戮門的財富與威嚴的，這個留著吧？」

「啊，鞭屍臺啊，前年順安鎮發展旅遊，好多魔修慕名而來要近距離參觀，鎮上打算要修一棟酒樓，鎮長來找門主幫忙，門主就把鞭屍臺拿去送他們做奠基石了。」

啊……奠基石……

天啊，我覺得我心痛得有點呼吸困難了。

「掛屍柱呢？」我問得有氣無力，「那根萬年陰沉木，花費數年人工，雕刻數千骷髏頭，象徵萬戮門殺伐決斷，威武至極的柱子呢？」

「推了。」小塌鼻子答得很憨厚，「切了打磨成小柱子，拿去搭豬圈了。」

豬圈？哪家敢用我的掛屍柱去養豬的，讓我瞧瞧！他就不怕上面的骷髏頭把一圈的豬全嚇死嗎！

「不過說來，姑娘好像對以前塵稷山的模樣很瞭解嘛。」

「江湖傳聞中的塵稷山就是那個樣子的，你現在別和我說話，讓我靜靜，我想一個人待著。」

我敷衍了小塌鼻子，走到一邊，蹲了下去，捂住心口，覺得自己的五臟六腑都在抽疼。

我的塵稷山啊，布置了那麼多年，好不容易遠看就讓人怕得要尿的塵稷山啊，你的凶神惡煞，你的惡名遠揚，你甩名字就能威懾名門正派的力量，就這樣全被毀了！

墨青！厲塵瀾！我和你簡直不共戴天！

我要你，到真地獄來向我認錯！

然後，我被抬回了戲月峰，我在自己的小院裡打坐，一晚上的時間，也沒睡意，一心惦記著要用什麼方法搞死墨青。

直到黎明破曉，晨光漫過戲月峰前面最高的山峰，照入我這間小院時，我只覺渾身一陣脫力感，緊接著下一瞬間……

我又被撞出這個身體了。

又！

又！

我飄在床榻外，看著床榻上癱軟下去的芷嫣，只覺得一陣崩潰！這次明明我沒睡覺，為什麼這麼突然就脫體了！

而那癱軟下去的身體，又如同上次一般，一聲嚶嚀，轉醒過來，也是如同上次一般，芷嫣在呆怔後，瞪大了眼睛瞅著我，倒吸一口冷氣：「妳……我的身體，我又回來了？」

「我知道妳又回妳的身體了，不用每次都這麼驚訝，我們來說點有用的。」我飄到床上，坐在她面前，「妳到底是怎麼以一個鬼魂之身夜行數十里到這裡來的？

咱們生意不都談好了嗎，妳什麼意思？」

芷嫣也是一臉迷茫，「我……我沒有啊！」她看了看自己的身體，「怎麼會這樣……昨天看見妳走之後，我飄得太慢追不上就自己回去蹲著了，我什麼都沒做……為什麼……」

聞言，我捏著下巴靜靜琢磨。

細細思量我遇見芷嫣以來的狀況，第一次附身成功是在晚上，然後第二天白天被撞了出來，第二次成功也是在晚上，然後白天又被撞了出來。

難道說，她這具身體，只能在晚上被我附身，白天陽氣充足時，她就能自己……回魂？

我沉了臉色，「這事咱們得解決一下。」

「怎麼解決？解決什麼？」

「那裡，看見沒？」我飄到窗邊，伸手往外面指，在晨光所及之處有一座刀刃一樣的山峰，「那裡，名喚千刃崖，上面建了個藏書閣。裡面藏經萬卷，記載靈異鬼神之事的也不少，去那裡翻翻書，查閱查閱典籍，或許能找到讓妳這身體不在白天把我擠出去的辦法。」

「我可以去？」

「當然不行。那兒所藏典籍多有禁書，需要門主首肯方能進去查閱書籍，要不然幹嘛建在懸崖峭壁上？」

「所以？」

「所以，妳去給我討好、諂媚、勾引厲塵瀾，讓他同意妳進藏書閣！」

「……」芷嫣往後面一退，抱住了胸，「我不要。」

我瞇起了眼，「妳不想報仇了？」

芷嫣苦著臉對我說：「我……我見了他，就雙腿打顫，他那身冰冷冷的氣，嚇死人了，我不敢去。」

倒是稀奇，墨青如今處罰人也不算罰得太狠，他將主山前的陣法也抹了，鞭屍臺也推了，掛屍柱也砍了，按照世俗的評判標準，他打造了一個和藹可親的萬戮門。可就昨天那些人的表現，還有今天芷嫣這副模樣來看，大家怎麼還這麼怕他？

明明在我看來，他還是那個沉默寡言的小醜八怪，偶爾望向我的眼神裡還帶著幾分閃爍，藏了幾分膽怯心思……雖然他現在沒用那樣的眼神看過我，但他也還是那個小醜八怪啊，哪裡可怕？

「不然妳去吧。」芷嫣瞥了我一眼，打起了她自己的小算盤，「反正也沒人看得見妳，妳自己飄過去，也不需要門主首肯了。」

「我魂魄之體，行得慢不說，還得接地氣，妳知道接地氣是什麼意思嗎？」芷嫣搖頭，我解釋道，「下次妳變成鬼的時候，飄到三丈高試試，試試看還能不能更高一點。」

「只能飛到三丈高嗎……」芷嫣皺眉，「你們鬼怎麼和傳說中不一樣……」

我給她翻了個白眼，冷冷諷了她一句：「我這兒貼著地彎彎繞繞飄過去，少說也得二十天，回來彎彎繞繞飄個二十天，請問，四十天之後，妳在這戲月峰，屍首尚可完整？」

她閉了嘴，臉又苦了起來。

我一轉念卻又琢磨了個念頭出來。而今情況有變，得做兩手準備，萬一去了藏書閣，這身軀夜合晝分的事還是沒解決呢？我對墨青的恨這麼深，總不能說放棄就放棄吧？所以，我還需強化自身力量，靠自己才是真理。

嗯，得去亡魂鬼市買點商品了。

我琢磨著，上次去鬼市時，除了回魂鋪，好似還看見有賣神行丸的，號稱磕了就能飄得跟人跑一樣快。有了神行丸，以後就算沒身體，也能到處去了。還得買個遮陽丸，據說磕了能把太陽當月亮曬，另外再看看有沒有別的東西……

然而……我才想起，我沒有錢。

我眸光一轉，看向芷嫣，「好妹妹。」

「啊？」

「和厲塵瀾要許可這事，妳不想去也沒關係，等晚上我上了妳的身，我去和他談。」

芷嫣眸光大亮，一臉感激地對我說：「好好好，妳真是個好人！」

我歪著唇角一笑：「是吧，我也這麼覺得。那麼，我現在有一件事想拜託妳幫忙。」

「什麼？」

「燒點紙錢給我。」

「……」

芷嫣便去山下順安鎮買了紙錢回來。依照我的吩咐，要買光鎮上所有的紙錢鋪，是以她回來時，著人家店小二拉了滿滿兩板車紙錢。

在戲月峰上所有魔修的注目下，她讓兩個店小二將板車拉到了人煙稀少的樹林裡。

林間樹木繁茂，枝繁葉密，半點陽光也照不進來，我坐在樹下，歪歪躺著，使喚著她：「先點蠟，再上香，報我的名字，塵稷山路招搖，別燒錯人了。哎，妳先挖個坑啊，清除雜物，要有防火意識，怎麼，想火燒我塵稷山啊？」

芷嫣被我使喚得團團轉，最後到底是怒了，把手中香蠟紙燭一甩，丟到我面前：「妳自己燒！」

我換了隻腳翹二郎腿，也不氣，平靜地回答：「年輕人，要學會吃苦。」我瞥了眼地上的香蠟紙燭。

她氣呼呼地瞪了我好一會兒，可到底是名門正派實心眼的孩子，最終還是認命地撿起東西，乖乖去挖坑點蠟上香燒紙錢。

我在旁邊躺著看她，卻倏爾見她腰間少了東西，我漫不經心地問她：「妳的玉珮呢？」

「當了。」她答得平淡。

我眉梢微微一動，「妳那天來時，一身衣裳價值不菲，想來之前也是被當個名門裡的小姐供起來的，現今出門，卻連買紙錢的銀子都沒了嗎？」

她抿著唇默了一瞬，隨即又瞪我，「妳生前是那麼威風的魔頭，怎麼現在死了連個給妳燒錢的人都沒有？」

「嗤，天真。」我一聲冷笑，強撐道，「我畢生所求就是讓這些人怕得連我的墳都不敢來上香！」

「……」

然而我剛說完，便覺背後有股異常地陰風，我登時眉目一凜，往後面一看，只見樹林陰影外，有一人走了過來。

「在與何人言語？」

聽了這聲音，芷嫣回頭，見到一身墨黑的袍子的墨青，嚇得差點沒一屁股坐進正在熊熊燃燒的紙錢火堆裡，「厲……厲厲……」她舌頭都要打結了。

墨青見她如此，眉頭微微一蹙。

我一見，立即坐了起來，糟糕，昨天和墨青撒的謊還沒來得及和芷嫣串通好呢，可不能在這裡露出破綻，「穩住，定神，不要慌，說妳在自言自語。」

我一開口，芷嫣連忙雙腿併攏，規規矩矩地跪在墨青面前，「回師父，我……在自言自語。」

跪得可真規矩……不愧是名門正派裡出來的弟子！

第九章　鬼市

「來，跟著我說。」我鎮定地與芷嫣道，「昨天又夢到路招搖了，她還是讓我燒紙錢給她，我去不了禁地，只好在此地將就。」

「我……我昨天又夢到路招搖，她讓我燒紙錢……我只好在這兒……將就。」一句話說得磕磕巴巴，但好歹也是表達了意思。

墨青盯著她，神情似在思量，在我還沒捉摸出他在思量什麼時，他已經轉了目光，看向旁邊燒了一車、還有一車的紙錢。

芷嫣尷尬地笑了笑：「呵呵，是有點多吧，我也沒辦法，她非要這麼多……」

「閉嘴，誰讓妳說這麼多了！」我喝斥她。

裝神弄鬼這種事，最好就是神神祕祕，讓人摸不清楚，搞不透徹，什麼都交代清楚反而失了效果。

芷嫣被我喝了一句，立即住了嘴，滿臉委屈又懊惱。

正在我認為她錯了，她也認為她錯了的時候，一直冷著臉的墨青倏爾……好似……隱約發出了一聲輕笑，連嘴都沒張開，更像是從鼻腔裡輕輕發出的一個笑聲。

「是她的作風。」

我微怔，抬頭望他，卻見他盯著燭與火光發呆，沒多久後才別開了頭。

垂下的眼簾，遮掩隱晦心思，情緒按捺不表。

這模樣……倒是真有幾分那日芷嫣與我說的……哀傷。

「這兒還有香蠟紙燭，您……您要不也給她燒一點？」芷嫣望著這樣的墨青，忽然抖著嗓，說出了這樣一句話。

「我不要他燒。」

「她定是不愛見我給她上香。」

我與墨青幾乎同時說出這句話。

我看見跪在地上的芷嫣脖子扭了扭，似乎拚了命才忍住不往我這邊張望。

我沒跟芷嫣解釋緣由，墨青也沉默不再多言。只剩芷嫣跪在中間，如坐針氈地磨蹭來磨蹭去。

「那我……接著燒？」芷嫣鼓起了所有勇氣，問了一句，也不知是在詢問我，還是在看墨青的意思。

墨青後退了兩步，「燒吧。」他後背輕輕倚靠在我對面的那棵樹上，正面面對著我，卻看不見我，只側頭盯著那越燒越豔麗的火，看著滿天飛舞的灰燼，不知在沉思些什麼。

紙錢燒完，墨青也如來時那般突然地離開了，甚至沒有知會芷嫣一聲。

直到芷嫣看著最後的火星都滅掉了，她才跪著轉身，但見身後沒了人，這才「呼」的鬆了口氣，癱坐在地捶了捶腿，「你們兩個大魔王……我這是作了什麼孽……」

「以後說話小心點。」我道，「妳一燒紙錢他就來了，指不定時不時開千里眼望著妳呢。」

芷嫣聞言，渾身都僵住了，嘴唇緊閉著，一動不敢動。

「不過也別太怕，門主公事忙著呢。剛親自來過，現在肯定沒空盯妳。」我繼續猜測，「到厲塵瀾這個程度的魔修，身動如神動，心之所向，身之所往，想去哪兒不過是動個念頭的事。昨天咱們在禁地裡聊了那麼久，他子時才到，大概是正巧在那時掃了山谷一眼，瞅見了妳，於是在下面人還沒稟報的情況下，就過來了。今天應該也是碰巧看到罷了，不然等不了那麼久。」

芷嫣緩緩鬆下身體，小聲道：「那以後，我不是說什麼話做什麼事都得先給自己找理由？萬一被他看到了，我也好瞎扯。」

「如果妳這身體全部給我，就沒那麼多事了。」我望了望天，「午時了，紙錢也燒完了，我回去歇著，等晚上再上妳身。」

我想著，今晚應該先去亡魂鬼市，若是芷嫣給我燒的錢到陰間帳上了，我買顆神行丸，就可以自己去藏書閣，犯不著去找墨青要許可，省得還惹他懷疑。

要勾引討好誰，一開始還是不去談條件，談要求，一心勾引，專注諂媚，讓人以為妳是一門心思只喜歡他這個人，才是勾引的至上之道。

時值深夜。

戲月峰上一片寂靜，但外間還是有人出沒，修魔不比修仙，有的修行就得晚上才好練。我上了芷嫣的身，將芷嫣留在屋內，自己出了門去。

路上遇見人，不避不躲，由著他們鞠躬屈膝的和我一陣套近乎，我點頭示意，說出去散散步，他們都笑咪咪地目送我離去，隔老遠還能聽到他們喊慢走。比起芷嫣之前形容的境地，可謂是雲泥之別。

我得意得很，我路招搖果然是要做人才能做得有聲有色啊。

待到林中，我掐了個訣，眨眼便行至之前飄了三天才飄到的那個亡魂鬼市之地。可是奇怪。而今我目光所及，只見一片陰森森的枯木樹林，並沒見到道路兩旁動作慢慢悠悠的鬼魂攤販，我轉了一圈，看這道路，覺得自己理當沒有走錯才是。

我摸著下巴琢磨了一下，隨即走到一旁坐下，讓上半身脫出芷嫣的身體，就在我魂魄離開芷嫣身體的那一瞬，眼前登時一亮，只見同一條道路上，兩旁是鱗次櫛比的商鋪，商鋪前還有無數攤販，寂靜卻異常地繁華。

是鬼市沒錯。

我又往後倒了一下，入了芷嫣的身軀，果不其然，一上芷嫣的身，用她的眼睛看面前的道路，就什麼都沒有了。

難道，芷嫣這具身體，就只能見到我這隻鬼？

我再次脫出她的身體，站起來，轉頭一看，只見她的身軀癱軟的靠在樹根上，芷嫣的魂魄也沒有自己飄過來。

看來，只有太陽出來的時候，芷嫣才會自己回魂。我正思考著，後面倏爾有個女鬼飄過，晃晃蕩蕩地向芷嫣身體飄過去。

不好！萬一給她上了芷嫣的身……我腦海裡這個念頭還沒想完，那女鬼便穿過了芷嫣的身體，然後穿過芷嫣背後的大樹，繼續往前飄走了。

我又琢磨，難道只有我才能在晚上時進入芷嫣的身體？是因為一個月前那個雷雨之夜，她一頭撞在我碑上，所以和我有了特殊聯繫嗎？

「喂。」我喊了一聲旁邊的鬼書生，他幽幽地轉過頭看我，「小……生……有……禮……」

「嗯，有禮你好，這兒有具空殼，你上去試試。」

「男……女……有……別……使……不……得。」

死了還這麼迂腐，我白他一眼，又抓了個旁邊拄著拐棍的老太太，「這兒有具空殼，妳附身試試。」

老太太看了我一眼，癟著嘴問我：「姑娘妳八字多少？我兒也死了，結個冥親怎麼樣？」

「……」

算了，我不該和這些鬼說話的……

我回頭看了芷嫣的身體一眼，心道，就放這裡吧，如果回來不見了，那就是有別的人能穿，如果身軀還在，就是只有我能附。反正不管誰附了，第二天早上芷嫣都能回魂，不怕丟。

我現在有錢了，先去買個神行丸，整理整理自己。

我開開心心地奔入鬼市，左右看著，終於找到了賣神行丸的店鋪。店門口站著一個一臉死白、喪眉大眼的店小二，他攔了我一把，病怏怏地問我：「什麼名字啊？」

「塵稷山路招搖。」

與上次回魂鋪外那個青面獠牙的看門鬼一樣，他掏了個鏡子出來，隨即與裡面一番對話，然後往前一站，把門擋住。

「不能進。」

我一愣，「為何？」

「妳錢不夠。」

我錯愕了，「不夠？為什麼？我今天讓人給我燒了那麼多！」

「一個活人，一天只能給一隻鬼燒一千錢，多餘的不記帳，全部充公。」他懶洋洋的答了我一句，「妳今天只讓一個人給妳燒錢吧？到帳一百錢。我們店，記帳一萬錢以上的，才能進。」

天啊，最近讓我想吐血的事實在太多，一時間竟覺喉嚨有點乾，連血都吐不出來了。

我揉著眉心緩了緩。

覺得自己算數好像不太好，且不論地府這個一人一天只能燒一千錢給一隻鬼的規矩有多麼混帳，就說這一千錢，人家到帳有一千，為何我到帳卻是一百錢？我還待問，店小二便已經指了斜對面的一個店面道：「有疑問，自去找大陰地府錢鋪。」

我順著他的手指，轉頭一看，只見一個狹小的店鋪上，歪歪扭扭掛著六個大字「大陰地府錢鋪」。

你們這是在騙鬼呢？

我飄到錢鋪門口，見狹小櫃檯裡面坐了一隻乾瘦的小鬼，手指宛似枯竹，正劈里啪啦地打著算盤，他得空抬頭望了我一眼，「什麼名字，辦什麼業務？」

「塵稷山路招搖……」我被這些鬼磨得沒了脾氣，「今天有人燒給我兩大車錢，我只到帳一百。」

小鬼往旁邊豎著的一面大鏡子裡瞅了瞅：「路招搖是吧，唔，妳生前有殺戮罪，妄言罪，欺詐罪……呃，罪名太多，不念了，每個罪名扣一成冥錢，本是扣完了沒有的，可因妳也有救贖德，善行德，給妳加了幾成，綜合算來七七八八，人給妳燒一千錢，妳能得一成。」

他說得快，我聽得含糊，最後自己理了理，大概懂了。也就是說，地府這個錢鋪機構，會根據人生前做的事來評判功德與罪惡。

若是犯罪，有活人燒來錢，就罰扣。若是行善，有活人燒來錢，就加成。說來說去，其實也就一個意思，那就是——

在地府要有錢，看的，其實是人品德行。

看給你燒錢的人的多少，看你生前行善功德的多少。

這我就懂了。為什麼我當鬼之後窮困潦倒，至此尷尬地步。因為我生前啥都不缺，唯一缺的，就是人品德行。

我覺得鬼的世界，真是對我等生前橫行霸道禍亂世間的魔頭，充滿了歧視和惡意。

領悟了這個道理，我兀自思索一番，用我現在這個魂魄之體，殺了閻王，推翻地府統治的可能性，然後覺得……還是老老實實回去找人給我燒錢吧。

我一邊往回飄，一邊懊惱，今天為什麼拒絕墨青給我燒錢，他給我燒的話，我好歹也有兩百錢了呀！

直至找到還躺在樹下的芷嫣身體，我又附上她的身，站起來拍拍屁股，心道：神行丸沒得吃了，看來，待會兒還得去會會墨青，要個入藏書閣的許可。

那麼問題來了，今晚，我該怎麼討好他呢……

第十章 起疑

我連夜趕去了塵稷山的主峰。

在無惡殿前，我報上路芷嫣的名字，守門侍衛便領我進了側殿，想來是墨青交代過了。

當初他那一句，「若她再入妳夢，與我來報。」竟不是一句空話。

我很得意，墨青這般想掌握我的行蹤，一定在心裡恨得牙癢癢吧，畏懼我哪一天捲土重來，把他的地位財富全部搶走，就像他之前對我做的那樣。

我在側殿裡坐了一會兒，一直沒人前來，便站起來四處看看。

這無惡殿側殿與之前倒沒什麼變化，該有的寶貝都還在，該有的氣勢都還有，雕梁畫柱上的凶惡鬼，繞柱子的九頭蛇，頂燈的骷髏頭，一派肅殺邪惡氣氛。

是我在的時候，萬戮門的風格。

身處這種氛圍中，恍惚間，我以為自己還活著，掌握著生殺大權，過著天下蒼生皆畏我的奢靡生活。

我坐在椅子上，往後一倒，閉上眼，想當年……

突然一陣聲響，從旁邊正殿裡傳了過來。咦，這個時候，正殿還有人？我心生好奇，悄悄走了過去，倚在門口，隔牆聽著一個蒼老的聲音壓抑著怒氣在說話。

「門主近來行事，越發有違萬戮門立派宗旨！」

他的聲音在空蕩蕩的大殿回蕩，卻在我心裡激起了千萬層浪花的迴響，是啊！對呀！沒想到萬戮門中還有這般警醒之士！

我覺得聽牆角已經無法滿足我了，於是我將門拉開了個縫，往外瞅，想瞅見到底是哪個老而不朽的英雄在發言。

然而從我的角度看去，先望見的卻是正殿之上、坐在神龍長椅上的墨青，他面無表情，嚴肅得宛似殿中神像。與多年前那個總把自己藏在巨大斗篷之下的他全然不同。

他現在的坐姿，也與我之前或倚或斜或翹腿的姿勢全然不同，更像是千年前流傳下來的老魔王畫像，沉默且凝重，帶著不怒自威的力量。

我撇了撇嘴，心裡有點不甘心的承認，墨青到底是繼承了魔王的血脈，好好打扮後，倒也不虛魔王之子這個名頭。

此時堂中無人，只有一個蒼蒼白髮的老頭站在他下方，老頭拄著青鋼拐棍，想來剛才的聲響便是拐杖。

雖然只見了背影，我一下就認出這個老頭子了。

我萬戮門門徒千萬，遍布天下的分舵也已數不清楚，我一個人斷是管不過來的。於是便在門主之下，分東、南、西、北四個山主，這老頭正是我在位時立的北山主——袁桀。

他是個頑固、陰毒、極其痛恨仙門的老頭子。

在入萬戮門前，他一家是被仙門屠殺殆盡的家族，從此，他專心修魔，見修仙者便殺。以前那些仙門裡還傳著「甯遇路招搖，不見北山主」這樣的言語。他以前也算是我手下的一名幹將，但凡有不知死的仙門來犯，讓他去處理，準沒錯。

不過也因為他的性格過於固執怪異，我與他也談不上親近就是了。

想來也是，而今換了主的萬戮門，除了這麼頑固的人，誰還會反對門主的意見呢。

袁桀沙啞著道：「以前抹了山門前的陣法，那是形式，倒也無妨……」

噫，你這老頭，說這話就讓我不開心了。那怎麼能是形式呢，那是象徵！是精神！

「而今，那柔佛巴魯姜武一流，雖是禍害，需得剿滅，可無論如何我萬戮門也不可與千塵閣聯手！」

我挑了挑眉，柔佛巴魯姜武是什麼我沒聽過，想來是近幾年冒出來的人物，千塵閣我卻知道。

與鑒心門一樣，千塵閣乃十大仙門之一。在當年劍塚一戰，他們也是出了力的。因著這力出得不大不小，不似鑒心門這般鋒芒畢露，所以我也沒什麼印象。現在提起來，比起記仇，我更記得的是他們閣主琴千弦，那可是天下聞名的大美人啊！

而且他不只美，還美得超越性別！

千塵閣這一脈修的菩薩道，所煉功法，無男女之分，共男女之身，入門則開始模糊性別，功法練得越深，性別越是模糊不清，近似那傳說中的菩薩。這琴千弦，大概就是世上最像菩薩的一個人吧。

猶記得我第一次聽說琴千弦的美後，便將他抓來關在地牢裡，我逮著他看了一晚上，看得委實過癮。現下想起來，還有點心癢癢，若有機會能再瞅他一眼，倒也不錯……

「柔佛巴魯位於仙魔兩道勢力交界之處。」

墨青的聲音拉回了我越跑越偏的心神，他冷聲道：「姜武等人利用仙魔兩道矛盾，逍遙多時，而今與千塵閣聯手，既能快速斬除此禍害，且不至於腹背受敵，如何不妥？」

我心想，被墨青這麼一說，也覺得沒什麼不妥。

我辦事的原則便是簡單、方便、快捷，是否與仙門聯手並不重要。重要的是，想幹掉這群人，最後這群人被快速地幹掉，就行了。

我點頭決定，嗯，這事就這麼定了。

「門主！」

「行了，此事已定。」墨青打斷了他的話。

我也在這時落寞地嘆了口氣，今日此門中，拍板之人已不再是我……我這口氣還沒嘆完，只覺堂前一股殺氣掃來。

往前一望，是袁桀目光陰鷙地盯住了我。

此時剛被墨青否決了提議的他正氣得滿臉鐵青，我與他四目相接，只見他目光中陡然閃過一道金光。

「何人在此！」

隨著他話音一落，一道不見形的氣刃劈空砍來，我心神一怔，剛想要躲，可是芷嫣的身體卻不夠爭氣，被氣勢壓迫得無法動彈！

氣刃轉瞬殺至身前，我只道，完了，這下也不用愁紙錢愁身體了，我可以和芷嫣手把手，以後一起在青青墳邊玩捉鬼的遊戲了。

這時，氣刃不知撞到了什麼，發出巨大的撞擊之聲，聲音震得我退了兩步，而屏障之外側殿的巨大石門，已經完全粉碎。

墨青擺了擺手，讓聽見動靜湧入殿中的侍衛退了出去，面上無絲毫表情洩露，「北山主過於激動了。」他瞥了我一眼，又望向袁桀，「是與我來報的線人罷了。」

「屬下知罪。」

哼，什麼知罪，我還不知道你們這些傢伙的德行，這老頭，不過是在墨青那裡受了氣，轉頭拿我撒氣罷了。

墨青沒有處罰他，袁桀拱手告退，青鋼拐杖杵在地上，一步一聲脆響，離開大殿時，他側頭看了我一眼，我亦是不避不躲地盯著他。

他滿是輕蔑地冷哼一聲，隨即跨出了大殿。

我一挑眉梢，倏爾想起，如今這身體也正是一個修仙之體呢。我撇了撇嘴，看在之前他說墨青行事有違立派初衷這種話的分上，我打算放過他，不與他計較。

剛盯著袁桀離開，身後傳來墨青的聲音：「晚上倒是膽大。」我一回頭，卻見他已經入了側殿，負手立在我身後三步遠的地方，瞥了我一眼，「讓妳在側殿等著，何不似白日那般規矩？」

我隨口扯了個理由：「白日在上墳，當然得規矩些……」

「哦。」他應了一聲，可不過一眨眼的時間，黑影倏爾閃過，下一瞬間便立在了我身前咫尺之處。

我抬頭望他，不明所以。

我看見他黑色的瞳孔裡清晰地倒映著芷嫣的臉，「也不似白日那般怕我？」

他在懷疑我，可我明白，不能慌不能亂，便不動聲色地應對他的懷疑：「師父，我這叫嚇傻了。」

「……」墨青就這麼盯著我，沒回話。

側殿裡霎時陷入了沉默，我清了清嗓，不想讓他繼續沉思下去：「師父，先前我小憩了一會兒，又夢見路招搖了。」

「嗯。」他一轉身，緩步行至一旁椅子上坐下，倒不似方才正殿之上坐得那般威嚴了，他把弄著手裡的一件玩物，「她在夢裡如何？」

我漫天瞎扯：「沒如何，就只站著。不過師父，我認為一直讓她入我夢也不是辦法。」我向墨青一步步靠近，「她在暗，您在明，無論做什麼您都失了先機，不如咱們先把她找出來吧。」

墨青這才抬頭看了我一眼，神色帶著打量，「妳能將她找出來？」

「現下是不能。」我走到墨青身邊的椅子上慢慢坐下，與他中間只隔了一張方桌，我湊了半個身子過去，努力讓自己的氣息能吹動墨青的鬢髮，「若有書籍供我查閱，或許能找到前人之法。」

我堅信墨青對芷嫣這具身體有好感，不然之前不會兩次都這麼容易地讓我糊弄過去。

在我越來越靠近他臉頰時，一道無形的牆卻隔在我們之間，我臉貼了上去，擠得有點難看，只好悻悻然地退了回來。

他沒有看我，只專心把玩著手裡的東西：「妳且說說，她是如何站在那方的，以怎樣的神情與姿態。」

這個小醜八怪真是怪得讓我無法理解，他為什麼會在意這種事？我費心思考了一下，扯道：「就……在半空中飄著，沒什麼表情。」

「她不是讓妳燒紙錢嗎？」

「啊……對。」

「不曾抱怨錢少？沒有要求繼續？明日呢？不燒了？」

是啊……錢少得要了鬼命了，明天肯定要繼續燒的，還得想辦法讓別人幫我燒。不燒了？絕對不可能！我在內心答了這幾句，一抬眼，墨青正直勾勾地盯著我……

這一幕讓我想起很久以前，那時我剛從塵稷山裡出來，誤打誤撞地救了還是小男孩的墨青，我帶著他行了一路，他向來沉默寡言，穿著比他大太多的黑色斗篷，將臉罩著，不肯輕易示人。

有天晚上，我喝多了酒，在塵稷山下的村子裡找了個客棧住著，晚上迷迷糊糊地醒了，想要喝水，旁邊便有只小小的手扶起了我的頭，將水送到了我唇邊。

我看見他的臉，布滿了青痕，恐怖得令人頭皮發麻。

他發現我在看他，水也沒餵完，就急著要撤開手。情急之下，碗碎了，水也灑了，他沉默地縮到一邊，手忙腳亂地捂住臉。

我卻沒記住他臉上墨痕的形狀，只記住了他的眼，像裝滿了透亮星星。

當時好似……是這麼形容的。

這個場景本是封存在我蒙塵的記憶裡，直到看見現在的他，記憶的塵布便被掀開抖了一抖，變得清晰起來。

我往後一縮，不自覺地躲開了他的眼神……

恍惚間，竟有一種錯覺，好似被他過於澄澈的眼睛，望見了靈魂。

第十一章 還魂

對。

我躲開墨青的眼神好一會兒，側殿裡的沉默讓我靜下了心，我一琢磨，覺得不

我躲什麼？

我路招搖放肆地活了那麼多年，也沒見過真的鬼。即便有人說見過，也拿不出證據。這些虛虛實實的東西，向來都是傳說，墨青他這般盯著我看，不過是對我白天一個樣、晚上一個樣有所懷疑罷了。只要我打死不承認，他還真能把我揪出來不成？

重振士氣，我打算再與墨青言語交鋒幾回，哪曾想我剛把臉轉過去，他已經起了身，背對著我，聲音平淡無波。

「明日千刃崖藏書閣，自去尋書吧。」

說罷，他身影如被一陣風吹散，就這樣離開了。

我的一腔士氣被挫了個徹底。明明想要的許可拿到了，心裡卻覺得自己好像在這場交談中……輸了。

我有點不開心，回到戲月峰，本打算欺負欺負芷嫣，出出氣，結果找了半天卻

沒在房裡看到她的魂魄。

大晚上也不知跑去哪兒了，我出了房門，隨手逮了個路過的魔修，想問問有沒有人看到芷嫣，我一張嘴，忽然想到這些人都看不到她，便一轉話題：「風清月朗，夜色正好，想不想燒幾張紙錢以慰寂寥啊？」

那名魔修淌了一臉的汗，也不敢冒犯我，只顫抖地問了句：「燒……燒給誰啊？」

我笑著回答：「路瓊。」

魔修立即臉色大變，連忙掙開我的手，驚慌地左右看了一眼，話也沒說一句，連滾帶爬地跑了。

怎麼，給你們開山祖師燒個紙錢就怕成這樣？我轉身望了一眼主峰上高高的無惡殿，瞇著眼琢磨，好你個墨青，奪位之後的洗腦工作，做得很不錯嘛。

我回了房間，靜靜打坐，思考著目前的情況，如何應對並找到出路。芷嫣也一晚上沒有回來，直到朝陽初生，我被猛地撞出了她的身體。

所謂一回生二回熟，這次我冷靜地飄在一旁，將手抱了起來，看見芷嫣回魂，她也不似之前那兩次那般懵懂之後再驚慌，而是……

直接驚慌了起來。

「我要去救他！」她猛地從床上站起，便要往外面跑。

我眉頭一皺，喚了一聲：「站住！」

芷嫣堪堪停住，一回頭，看見我，急道：「滄嶺被關在地牢，你們萬戮門的地牢會吸人生氣，妳怎麼不早說！」

我回憶了一番，「我沒立過這個規矩，想來是下面的魔修自個兒弄的。」反正地牢那種地方，抓進去關著的都是敵人，而萬戮門從來不對敵人仁慈，魔修們練功，其中一條眾所周知的便捷之道就是搶他人功法，吸取他人生氣來練功。

那些負責看門、守牢，功法比較弱的魔修，無法打敗外面的敵人，難得有人送上門，自是不肯放過。所以他們會在地牢裡布個吸生氣的陣，也不奇怪。

細細算來，柳滄嶺被關在裡面也有一個月了，一直被吸食生氣，還能撐著沒死，也是不容易。

芷嫣一咬牙，眼眶竟微微地紅了起來，「他要死了，我快害死他了……」她瞪我，

「妳為什麼要把他送進地牢！」

怪我囉？

「嘖，你們這些小情侶！」我唾棄道，「人要帶妳走的時候，妳一百個不願意，現在人要死了，這輩子也不會強行帶妳走了，妳也一百個不願意，妳怎麼幹什麼都不願意？這麼難伺候。」

芷嫣還氣得咬牙，「這能一樣嗎！我不跟妳說了，我要去救他！」

「站住！」我再斥了她一句，「妳知道被關在地牢的人要怎麼救嗎？」

經我這麼一問，芷嫣才冷靜下來，默了片刻，垂頭搭腦地往回走了兩步，到我身前來，抽了抽鼻子，問我：「怎麼救？」

我往床上斜斜一倒，「站好，把眼淚給我擦乾，先給我認兩聲錯聽聽。」

「……」我看著芷嫣咬唇的委屈模樣，霎時間，昨天被墨青氣到吐血的心情好了起來，只見她不甘願地道：「錯了……我不該怪妳。」

我點了點頭，「嗯，還有呢？」

「求……指點。」

我滿足了，盤腿坐起來，「妳是怎麼找到地牢的？」

「昨天妳走了後，我想試試妳說的『飄不過三丈高』，發現確實如此後，我想試試入地能有多少，便一直往下……到了地牢。」

芷嫣這是把戲月峰垂直穿透了啊。

我感慨，這丫頭執著起來時，還真是讓人吃驚，用魂魄的速度，哪怕是在晚上，入了地底，頂多飄得和人走路一樣快吧。往下面飄了這麼久，真是難為她了。

「嗯，如此說來，柳滄嶺被囚之地，約莫就是在這戲月峰下方的地牢裡。」我捏著下巴思索，「戲月峰乃低等魔修所在之地，下方地牢守衛也是薄弱，可即便如此，以妳的功力想劫獄，不可能辦到。」

「那妳呢？」芷嫣問我，「妳用我的身體，能進去帶他走嗎？」

我瞥了她一眼，「是可以，但咱們就再不能回塵稷山了，計畫全盤打破。」芷嫣唇角一動，我打斷了她沒出口的話，「我知道妳願意，可我不願意。」為了救個柳滄嶺，讓我離開塵稷山，從此少了無數個殺墨青的機會，我可不幹。

「現在只有一個辦法，就是先利用妳門主徒弟的身分，去拿點靈丹餵給柳滄嶺，將他的命吊著，再想辦法買通或威脅看門的幾個魔修，藉口妳想獨吞柳滄嶺的功力，從而抹掉他們的陣法。待得柳滄嶺自己法力恢復，妳給他個機會，讓他自己逃出去。」

聽完我的話，芷嫣的眼眸立即亮了起來，「路……」這時她似乎想起我囑咐過，說話要小心點這件事了。她將後面幾個字吞了下去，只用力地點了點頭，說：「妳真是個好人！」

我擺了擺手，讓她自己先去捯飭。

傍晚，芷嫣終於忙完回來。她歡天喜地地告訴我事情都辦成了，門主徒弟這個身分，果真好用。

本來就是，戲月峰這樣的地方能有多大點事，沒什麼是門主徒弟這個身分解決不了的。

我告訴芷嫣：「今天算是給妳放假。特許妳為了救人而浪費時間，從明天開始，妳白天好好燒紙錢，還得想辦法勸別人給我燒。」

芷嫣錯愕，「還燒？昨天那麼多都不夠？」

我將地府錢鋪那些混帳的規矩說給她聽了，芷嫣聽罷，愣愣地問我：「這樣算來，妳居然還能拿得到一百錢，他們也是放了很多水吧？」

「妳信不信今天晚上我就去地牢裡放水，保證淹死裡面那個人。」

芷嫣立刻垂頭認錯。

我看了看外面天色，見太陽已經完全沉下，便不客氣地往芷嫣身體裡一撞，將她魂魄撞了出去，重新掌控了她的身體。

我捏了捏拳頭道：「妳有空的話，得好好提高修行，昨晚差點把妳這身軀交代出去。」

芷嫣一下就慌了，「怎麼了？果然還是不能去勾引厲塵瀾對不對？他是不是打妳了？」

「遇見北山主了。」我話音微微一頓，果然聽見芷嫣狠狠倒抽一口冷氣的聲音，隨即我才緩緩道出，「厲塵瀾救了我……啊，不對，是救了這個身體。」

芷嫣默了一瞬，道：「我覺得……厲塵瀾說不定是個好人呢。」

我冷笑道：「呵，在妳的心裡，好人真是挺好當的。」

「其實妳化做鬼魂這段時間，仙魔兩道也發生了很多變化。雖然萬戮門在仙門裡的名聲一直不好，可我在來的路上，聽見山下順安鎮上的鎮民們說，萬戮門現在與以前大不一樣了，不僅把山前的殺陣撤了，也不再下山擾民了。災年時，甚至還會施粥濟民……」

芷嫣越說，我拳頭握得越緊。好啊，墨青，你簡直把我萬戮門開成了一間菩薩廟啊！

還施粥濟民……父母官都沒你幹得漂亮。你這是要當佛祖啊！你乾脆把自己炸了，拿血肉去澤被蒼生得了！

「聽說前段時間欺負我的那些魔修，已經被罰下山去務農，讓他們幫鎮民們耕種糧食，我覺得這個辦法比之前的嚴酷懲罰好多了……」

「哪裡好？」我沉著臉反駁她，「妳以為厲塵瀾罰他們，只是因為他們欺負了妳？」我冷笑，「天真，他們是想欺瞞枉上，被厲塵瀾發現了，才被責罰。厲塵瀾心慈手軟，留下這些人，遲早是禍害。」

芷嫣似被我陰沉的模樣驚了一瞬。

也是，自變成了鬼之後，我身上的戾氣便沒活著時那麼重了，心性也不似之前那般鋒利，這是第一次對芷嫣說這般話。但她必須明白，萬戮門畢竟不是一個她這幾天所見，這般平靜安寧的地方。

我繼續道：「妳知道這些人是怎麼來的嗎？」我瞥了一眼外面的魔修，「他們一個兩個要麼是被世仇追殺，要麼是被仙門圍攻，逃無可逃，最終投靠我萬戮門。萬戮門裡，收的都是窮凶極惡之徒，都是被天下排擠遺棄之人。

「當初他們入萬戮門時，都發過永遠效忠於我的誓言。我身為門主，冒天下之大不韙收容他們是恩、庇護他們是義，而我只需要他們回報我以忠誠。若連這點都做不到，他便是不知恩、不知義、不知忠誠之人，見此種人者，殺。這是為了避免之後的麻煩，也是為了堅持我自己的道義。」

我轉頭看了芷嫣一眼，見她全然愣住，我道：「現在妳覺得厲塵瀾讓他們下山務農是好、是慈悲，咱們就走著瞧吧。看他這種懷柔政策，最後會落得什麼下場。」

我出了小屋，無視外面魔修的熱情招呼。掐了個訣，眨眼落到千刃崖上，向看守藏書閣的守衛報了路芷嫣的名字，他們沒多加阻攔，讓我進了門。

我依著記憶，直接上了三樓，在東南角的書架上找到了記錄著靈異神怪的書。我盤腿一坐，將書本放在腿上翻看，但見其中都是一些關於什麼什麼人，在什麼時候，遇見了什麼事的記載。

並無詳細的紀錄，更別提關於魂魄晝夜交替之類的研究了。

我將書本翻了一頁，但見其中一個故事記載了在某年某村，有位婦人，在斷氣三天後，自棺材中坐起，形貌與生前一致，只是神態、語氣與記憶全然變了，好似身體裡住進了另一個人。

「方士稱此為——借屍……還魂。」我跟著讀了出來。

卻哪曾想旁邊倏爾傳來一個聲音：「哦，世間倒真有借屍還魂一事？」

我轉頭一看，驚詫地發現，不知什麼時候，墨青竟來了這裡。他斜倚著閣樓窗邊，靜默佇立。他背後的窗戶大開，夜幕已是漫天星河，他便像是站在那萬千星光裡，眸色幽深地盯著我。

我一時怔愣，忘了將書闔上。

第十二章 擺攤

我沉默地與墨青對視許久。

內心閃過無數念頭。他在藏書閣裡待了多久？是看著我上來的？還是等我來了才過來的？我剛才除了讀這個故事外，應該沒有呢喃些多餘的話吧？

不管如何，如今這個小醜八怪盯人的模樣，已經不是用普通手段就能糊弄過去的了。

於是我打算採取非常手段，展現一下自己與眾不同的演技，我揣摩著白日裡芷嫣的模樣，弱弱地倒抽了一口氣：「啊，門……門主。」我佯裝被嚇了一跳的模樣，「您什麼時候來的？」

像是錯覺似的，墨青眉梢微微一動。片刻後，他便挪開了目光，在書架上掃了一圈，語調平淡地問我：「方才那借屍還魂的故事，可有後續？接著讀。」

我看了看書卷，回答道：「沒後續了。」我嘆氣，「翻看許多書籍，都是記載了一些沒邊沒際的怪異故事，招鬼之法卻是一個也沒有，想來這世上鬼神之說也委實虛幻呢。」

我說完這話，拿眼瞅了墨青一下，只見他看著書架上的一本書，冷漠道：

「鬼神之事若是虛幻，我留妳也無甚用……」

「哎喲！」我覺得自己演不下去了，芷嫣的脾性與我相差太大，我無法想像出她那雞大的膽子，在這樣的威脅下，能做出除了哭以外的反應，於是只好自己上了。我眉眼彎彎地笑看墨青，「師父您真會開玩笑，這兒這麼多書，可見歷史上撞鬼的人還是挺多的嘛。我猜十之八九都有呢，只是大家看不見摸不著罷了。我再找找別的。」

我站起身，走離墨青的視線。

即便我知道，在藏書閣裡，不管身在何處，只要墨青想看，他都能看得到。

可我看不到他，心裡便輕鬆了許多。

都怨芷嫣這破不經用的身體，要稍微能幹一點的，有個北山主那樣的功力，我今晚就能把墨青打下來！

我躲進角落，隨手抽了本書出來打掩護。掩著掩著，我忽然覺得，我自己現在真是活得忒沒意思了。要錢錢沒有，要殺墨青，卻殺得這般委屈磨嘰。

我花費這麼大心神借屍還魂，可不是為了這般窩囊地活著的！

躲避，並不能解決問題，我要迎難而上，就用現在這個身體，勾引到墨青，讓他喜歡這具身體喜歡到即便知道裡面住的是路招搖，也不敢動手！此為上上之計！

若是達不到那種程度，被墨青發現我是路招搖了，那我就和他拚個命，反正我都是死過的人了，最壞也不過繼續在墳頭飄，至少這次還能拖上芷嫣墊背！沒什麼大不了！

我心一橫，從書架後面走了過去，只見墨青此時正在兩個書架之間，自己也取了一本書在隨意翻看。

我帶著笑，緩步行去：「師父也對這些書感興趣嗎？」

「嗯。」他轉頭看我，「我比誰都更想找到她。」

哼，我就知道！

我面上不動聲色，慢慢地靠近墨青，目光只直勾勾地盯著他身後肩膀上的一本書：「哎呀，這本書好厚，應該有什麼特別的記載吧！」

我邊說著，邊靠近墨青，站在他身前，手掌貼著他耳朵的輪廓，伸了過去。

墨青眸光一抬，盯住了站在他面前的我。

芷嫣的身體比墨青矮了半個頭，我手從他肩頭，貼著耳邊的位置伸過去，便像是要抱住他的脖子一樣，姿勢……曖昧且撩人。

我抓住了書架上的那本厚書，書在上面卡得緊，我心裡高興，就是要卡得這麼緊才好啊！可我的高興只能壓在心裡，面上卻做一副懊惱撅嘴的無奈樣：「怎麼拿不出來啊？」我故作用力地拿書，手臂卻在墨青耳邊輕輕磨蹭。

若有似無的觸碰，輕輕挨著他略帶冰涼的耳廓。不知他是怎麼想的，反正我的手臂是有一點點小小的癢。

墨青沒動，看來我勾引得還算成功。

我的目的就是接觸、再接觸，讓他慢慢愛上這具身體。

民間那些無聊話本動不動就讓女主人公一臉哀戚地說，原來你愛上的只是我的肉體。啊，那不然呢，他要只愛上你的器官，不是更嚇人？

什麼觸及靈魂的愛，那是虛的。我修魔，不整這些玩意，咱們就來實實在在的，愛，就愛這具肉體。沉醉，迷戀，享受感官的快樂，然後不可自拔。

在我更進一步想往他懷裡靠時，書架上的那本卡得死緊的書卻在這時候一鬆，好似被什麼力道引到我的手裡一樣。

書拿出來了。

墨青說：「去一邊看。」

正直，嚴肅，沒有一點情緒波動。

我抱著書，摸了摸鼻子，在心裡反思，難道當初我給墨青找的師父，是個修仙的老道長或者修佛的老和尚？還是說他在幾十年的看山門的生涯裡，已經頓悟飛升，從此滅了七情六欲，不在三界五行中了？

我抱著書退了一步，打算換個策略，於是我盯著他，站了一會兒。

墨青察覺到我的眼神，又抬頭看我，四目相接的一瞬，我便明媚地笑開：「果然呢。」他沉默地等著我下一句話，「師父，你的眼睛漂亮得和裝了夜空裡的星一樣。」

墨青聞言一怔。

我在心裡給自己畫了個小勾勾，果然呢，身體撩不動，咱們就先撩個言語的。

我向前行了一步，輕聲說：「師父，我覺得我好似被你的眼睛……迷住了。」

然而此刻，又是一道無形的屏障隔在了我面前。

我鼻子撞了上去，又撤了回來，摸了摸被撞得微紅的鼻頭，自言自語道：「哎呀，差點就情不自禁了……」我害羞地垂下頭，又害羞地偷看了墨青一眼，「師父……」

「咚」的一聲，一本書自書架上落下，直砸在我腦門上，我抬頭一看，頭上的書都放得好好的，只有這本落下。我反應過來是墨青使的壞，回頭看他，只見他不動聲色地垂頭看書。

「一邊去。」他如此說著。

嘖，方才不都被勾引得出神了嗎？還裝一副沒事樣。我悻悻然地走到一邊，找了個椅子坐下，抬眼瞅了墨青一眼，竟發現他也在看我。

再次四目相接。這次，卻是他轉開了目光。

他垂搭的睫毛遮住了他所有心思，讓人窺探不得。

我垂頭看書，心裡琢磨，等待會兒還書的時候，我再伺機而動……我心頭念頭還沒落地，卻感覺得一陣風掃過。

我再一抬頭，閣樓裡已經沒有了墨青的身影，大開的窗戶將外面千刃崖上的風都攬了進來。

咦……走了？

我捏著下巴琢磨，墨青他現在離開，若不是有急事傳音入密，那就是為了避我？

我闔上書，得意一笑。墨青啊墨青，看不出來，原來你竟是個小悶騷嘛。被人撒嬌，被人誇獎面上不動聲色，其實內心已經悄悄暗爽了吧，看這都羞得躲開了呢。

我在椅子上翹起了二郎腿，得了，我總算知道他喜歡哪種類型了。

以後對症下藥，哼哼，還怕治不了你這個小醜八怪嗎！

在藏書閣看了一夜的書，我徹底放棄了從這裡找到解決辦法的念頭。看來，我和芷嫣的現況暫時無法改變，只能白天給她，晚上給我這樣交替著來。

現在，就只有催她趕緊燒紙錢，幫我湊個還陽丹了。

我回了戲月峰，小院裡果然又沒看見芷嫣，想來她應該又當了穿山甲，下地牢去看柳滄嶺了。

我閒來沒事，便在屋裡打坐，將芷嫣這一身練得亂七八糟的氣調理了一下，待將她渾身氣息調了一個周天，我睜眼，遠處山頭已經擦亮。我沉下心神，在太陽初升之際，任由芷嫣回魂，將我撞了出去。

我回歸魂魄之體，而芷嫣則坐在床上，有點驚奇地摸摸眼摸摸耳朵：「咦，我怎麼感覺，我的五感好似靈敏了許多。」

「妳以為妳身體裡住的是什麼人？」我催促芷嫣，「天亮了，趕緊找人給我燒紙錢。」

「我先拿靈丹給滄嶺，待會兒回來路上再找人給妳燒。」說完她就跑了。

我一咋舌，覺得給芷嫣出主意，讓她去救柳滄嶺，也是麻煩。更何況柳滄嶺還是鑒心門人……我活著的時候，因太過招搖，所以和十大仙門皆有過節。而與鑒心門，過結更是深。

春日已近末，陽光比冬日更灼人了些，天地將白日陽氣更甚。連著折騰了幾天，我這鬼魂之體也有些乏了，便躲進床榻，閉上眼淺淺睡了一覺。

這一覺徑直睡到了天黑，傍晚之際，聽得芷嫣喚我，才清醒過來。

芷嫣一臉疲憊地說：「今天我好不容易誆了十來個小孩給妳燒紙錢了。妳的名聲也太差了……走遍整個順安鎮，沒有聽到妳名字不躲的。」

我撇嘴道：「順安鎮沒有，不會去遠一點的地方嗎？四合州，江城，那裡什麼人都有，妳擺個地攤、找塊牌子，上面寫幫忙燒紙錢就送點什麼不就得了。」

「妳自己去吧。」芷嫣說著便往地上倒，「這晝夜沒停歇的，我不行了。」

哎呀，現在還學會反抗了？我嫌了她一句沒用，隨即撞進那身體裡，自己活動活動了胳膊腿，然後掐了個訣，眨眼便行至江城。

江城算是正處在仙魔兩道勢力交接處的一座自由的貿易大城。仙道魔道之人，接混跡其中，魚龍混雜，可也十分熱鬧。白天夜裡皆是如此。甚至有時夜晚比白日還要熱鬧些，花街柳巷，酒樓客棧，總是人聲鼎沸。

我買了香蠟紙燭，在花街小橋之上，當真支了個攤，撐了塊布，寫道：「千山萬水總是情，燒點紙錢行不行……燒錢送……」

我拿筆撐著下巴，正想著要送什麼玩意才比較吸引人。旁邊忽然傳來一個男子的笑聲，「居然還有支攤讓人燒錢的，倒是奇見了。」

我轉頭一看，只見有三個男子站在攤前，皆是精幹的打扮，為首的那個一頭沖天短髮，笑得十分張揚。

我看了他一眼，問他：「要來體驗一下嗎？」

男子見我與他搭話，大咧咧的向我走來，「好啊，燒給誰。」

「塵稷山，路招搖。」

這六個字一出口，男子身後那兩人的臉，霎時便沉了下來，警戒地盯著我。

一人喚了男子一聲：「阿武。」

被喚作阿武的男子卻表情沒什麼變化，反而蹲在我的攤前，撿了幾張長錢：

「啊，路招搖啊，女魔頭，只可惜死得早，我超欣賞她的。」

「哦。」我問，「你欣賞她什麼？」

他咧嘴一笑，顯得張狂，「聽說很漂亮，且難以馴服。」

第十三章　神行丸

馴服？

敢把這個詞用在我身上的，我活著沒見過，死了倒是看見一個了。

很好，小短毛，你成功引起我的注意了。

我不動聲色地點了蠟燭，讓他先燒錢，他也配合，沒有廢話，專心燒紙錢，還拿了三根香，像模像樣地拜了拜，閉眼道：「女魔頭女魔頭，願妳在天之靈，保佑我早日實現願望。」

我這個本該是在天之靈的，現在正一臉冷漠的蹲在他面前給他遞紙錢。

他這願望既是許給我的，我便問了句：「你有什麼願望要實現啊？」雖說問了……也不一定能幫他實現。

小短毛咧著嘴笑，「我想殺了厲塵瀾，將他取而代之。」

喲，我眉梢一挑，眼眸一亮，好巧啊少年，我也是耶，咱們是競爭對手啊！

聽他說這話，他身後有人喝止般地喊了他一句：「阿武！」

「哈哈哈，好好好。」他擺了擺手，「不說了不說了。」他往身後看了一眼，「你們也來燒燒吧，若是以後咱們入主萬戮門，路招搖也是開山祖師嘛。前輩，得祭拜上供的。」

好小子！真懂規矩！我欣賞你！

身後兩人一臉不樂意，但礙於小短毛發了命令，他們只好上前燒紙錢了。他們燒得安安靜靜，我也不找他們搭話，往花街的橋上人來人往，我見了便吆喝一句：「哎，人生自古誰無死，燒點紙錢行不行？」

行人看了我一眼，全部扭頭就跑，直喊晦氣。

小短毛在我面前笑得前俯後仰，「妳這樣喊，誰來燒呀。」他說著，站起身來，「我幫妳吧。」他拍了拍衣裳，正好有個路人與他擦肩而過，他將人後襟一拎，臉上的笑微微一斂，凶戾的殺氣自然地流露出來，「這裡有小美人需要幫助，你沒看見嗎？」

路人一臉冷汗，哆哆嗦嗦地過來燒紙錢。

我望著他，只覺得無比欣賞，萬戮門就是需要這樣的人才呀！

滿臉凶惡，有情懷，有夢想，說一不二！笑起來放肆張狂，威脅人毫不手軟，我要是有以前的功底，絕對當場就找此人切磋一番，探探他功底，要是妥當，我必將此人收在門下，當未來門主培養！

才不要墨青那個小醜八怪將我的魔教當廟來開呢！

小短毛在橋上興沖沖地幫我抓人來燒紙錢，他的兩個手下在旁邊一邊燒一邊嘀咕：「他玩高興了又得誤事。」

另一人答：「我是勸不住了，讓他誤吧，對方也該習慣了。」

「唉……我先去報個信吧，你在這邊盯著，玩完了趕緊帶他過來。」

嗯？聽他們對話，這個小短毛還有點任性脾氣？

很好，像我的風格，我喜歡。

只見小短毛把路過的行人抓了一排過來，挨個排著隊燒紙錢了，他很得意地抱起了手，走到我面前，拿大拇指指了指他們：「小美人，這麼多人夠燒妳這些紙錢了吧。」

我往後一看，大約有五、六十個人，算上剛才燒完紙錢走掉的，再加上芷嫣白日騙來的十幾個小孩，我陰間帳戶上，應該有一萬錢了，可以去買神行丸了！

一瞬間我只覺得這個小短毛真是合我胃口極了！

我招手讓他過來蹲下，我拍了拍他的肩，「我……」

才說了一個字，他也拍了拍我的肩道：「我很欣賞妳喔，小美人兒。」

咦？

他摸著下巴思量，「一般人不敢支攤出來給路招搖燒紙錢的，妳敢。一般人也不敢直視我的眼睛的，妳也敢。一般人看著我這麼威脅人，早嚇得渾身發抖不知所措了，妳還能這般坦然處之……不然我把妳收入旗下好了。」

嗯，不愧是我看中的人，居然連想法都和我這麼像，我欣賞他，想收了他，原來他也是這麼想的……

換做以前，我定要好好馴服這個桀驁的小短毛，讓他對我俯首稱臣。

可惜現在不行了。

沒身體，沒精力，也沒那個地位了。

我悵然一嘆，「不了，我還有自己的事要做，多謝你今日幫我。」

小短毛挑了挑眉，站起身，「好吧，我乃柔佛巴魯姜武，近來都待在江城，妳若是想通了，隨時可以來找我。」

聽他這話，旁邊同行的人似乎急了，「阿武，這人來歷不明，你——」

「她給路招搖燒紙呢，總不會是厲塵瀾的人吧。」他說得直白，還轉頭問我，「是吧？」

我沒正面回答，只道：「下次找你喝酒。」

小短毛笑得開懷，「小美人兒，我盯住妳囉。」言罷，他帶上那他屬下轉身離開了。走了幾步，又轉過頭，喊了一聲：「喂，你們幾個排隊的，不要讓我知道你們沒燒完紙錢就跑了喔。」

我感覺排著隊的人皆是一顫，隨即集體沉默。

直到他走遠，身影在花街的燈光裡再也模糊不清，還排著隊的這十來個人才深深地鬆了口氣，面前這位燒紙錢的路人更是抬手抹了抹額上的汗，手都抖得拿不住紙錢了。

只聽身後有人罵道：「這個窮凶極惡的傢伙，到底什麼時候才能離開江城。」

「這麼大個刺頭，也不見萬戮門來將他拔了。」

「你懂什麼？姜武之所以待在江城不肯走，不就是因為這裡是仙魔兩道勢力交界處嗎？仙門不好出手，萬戮門也不好出手，誰先動手，誰就腹背受敵。」

前面一個抖著手將紙錢燒完的人走了，後面一個也蹲下來燒，一邊燒一邊念叨：「我倒希望路招搖復活，兩個都是心狠手辣的主，彼此一起去地獄最好。」

我一邊遞紙錢給面前這個人，一邊想，少年，你還是太天真了。如果我復活了，你就不怕我和他強強聯合，到時你們這些市井小民，不是活得更加水深火熱嗎……

不過說來，這柔佛巴魯姜武我好似前段時間在哪裡……啊，我想起來了。上次去無惡殿，在側殿時聽到墨青和袁桀在爭執，其內容不就是要不要聯合千塵閣的琴千弦殺姜武嗎？

我摸著下巴想。

若我尚在人世，這樣的人必定是要收服的，若收服不了，必定要剷除。畢竟不能為我所用的老虎，容不得。

只是現在我不是門主了，這些事也輪不得我來心煩。我巴不得他們給墨青添亂，越多越好。到時渾水摸魚，只要墨青腦袋是我拿下的，別的，你們怎麼折騰，都無所謂了。

這方燒完紙錢，我高高興興地去了亡魂鬼市。

將芷嫣的身體一脫，我以魂魄之體前往神行店鋪，這回終於沒再被攔住了。我邁進店鋪大門，在裡面深深吸了一口氣——

清爽啊！有錢的感覺就是不一樣！

我背著手，在店裡看了看，和回魂鋪一樣，其實沒什麼好看的。就是一張黑布罩了一個櫃檯，上面掛著幾個牌子——神行一日，神行一月，神行一年，神行永久。

我對比了一下價格。

神行一日是五百錢，神行一月是一萬錢，一年是十萬錢，永久則是一百萬錢……

就算是普通人，按照一人一天一千錢的額度來算，每天有十個人給他燒錢，也要燒一百天……而我，按照一天十人給我燒一百來算，要燒一千天。

這些鬼市做生意的，怎麼不乾脆去搶劫算了？比我活著的時候還流氓。

「掌櫃！」我從在櫃檯上拍了拍。

一臉乾瘦的掌櫃從櫃檯後面撩開黑布，露出頭來，盯著我，「幹什麼？標價清楚，直接買。」

「我覺得你們的價格不合理。」

掌櫃看了看我，又轉頭看了看別的東西，「路招搖是吧？咱們鬼市賣給行善積德的人和你們這些作惡多端的人的東西，價格是不一樣的。妳看到的價格，是根據妳生前品行來定的。嫌貴，就去買還陽丹，回去做點好事啊。哦，還陽丹更貴，呵呵。」

這些混帳不僅燒紙錢看人給錢，賣東西還看人喊價呢！簡直無法無天！

我一咬牙，狠狠地拍了一下櫃檯，目光陰騖地看著掌櫃。

「妳要幹什麼……我告訴妳，這可不是在陽間，要是妳做了壞事，筆筆給你妳記在帳上，以後日子一天不如一天……」掌櫃好像有點被嚇到了，聲音都有些發抖。

「給我拿個一個月的。」

「啊？」

「神行丸，給我拿個一個月的！」

出了神行鋪，我又狠狠瞪了那懶洋洋的店小二一眼。

店小二默不作聲地受了，轉身悄悄去抹了下額頭，我聽見店裡掌櫃和他在嘀咕：

「這些壞人，死了也凶得厲害。」

小二應：「她還瞪我呢……掌櫃，我怕……」

嘖，這個亡魂鬼市，等我不用你了，遲早想辦法拆了！

我吃下神行丸，當街試了一下，只稍稍一用力，霎時飄的速度就和人走一樣快了！和身邊所有慢吞吞飄著的鬼比起來，我快得像匹奔騰的野馬。我在鬼市使勁飄了一會兒，方才的不悅也散去了些，我心情愉快地回到芷嫣的身體裡，回了戲月峰，可剛剛一到戲月峰，天便亮了，芷嫣霎時回魂。

我被撞出身體，剛想轉圈圈向她炫耀一下，卻聽芷嫣驚恐地跟我說：「不好了！滄嶺他打算從地牢裡逃出去！」

我挑了挑眉，「才幾天時間，身體恢復得滿快的嘛，讓他趕緊滾吧，妳以後好好練功，專心給我去找人燒紙，江城是個好地……」

「他打算帶我一起走！」

「什麼？他們鑒心門的是不是腦子有洞？」

成天只知道找事！

第十四章　逃出

「妳別理他。」我道，「讓他自己折騰，我還不信，就他恢復了那麼點的身子，還能殺上戲月峰來救妳。」

「就是不能讓他殺上來啊！」芷嫣紅了眼眶，「他要是死了……怎麼辦？」

我一臉冷漠地看著她，「那就是命啊。」

芷嫣緊咬著唇，「可我……不想讓他死。」她一雙波光瀲灩的眼睛緊盯住我，滿滿的委屈與可憐，「大魔王……」

我拳頭緊了緊，咬了咬牙，所以說，這些名門正派，就是麻煩！

「妳聽好，這是最後一次……」

「大魔王，妳真是好人！」芷嫣想撲過來抱我，我喝了一聲站好，她便規矩地立了正。

我往床榻上一坐，翹腿抱手問：「把詳細情況說給我聽聽。」

「我每天白天會去給他送靈丹，然後昨天我把所有靈丹都給他了，告訴他，日後我不會來了，讓他傷好了就自己逃出去，可他……還是想讓我和他回去。昨天晚上，我以魂魄之體入地牢去看他，卻見他……將所有靈丹都吃了……」

「一天吃這麼多靈丹，小心經脈逆行啊。」

「他一定是覺得我被魔道所惑，想儘快帶我離開。」

我捏著下巴想了想，「吃了那麼多靈丹，調息打坐也不是片刻能好的，不如妳先去找柳滄嶺，幫他在牢裡守著，不要其他看門的進去打擾他，以免走火入魔。待柳滄嶺調息罷了，妳便讓柳滄嶺協助妳演齣戲，讓他挾持妳，帶妳出谷。」

「讓他挾持我？」

「對啊，要不然妳天天去看柳滄嶺，回頭他跑了，第一個懷疑的就是妳。萬戮門裡最幹不得的便是吃裡扒外和背叛。」

芷嫣弱弱地說了句：「妳現在就在教我吃裡扒外啊……」

還不是為了妳！我斜了她一眼，她自覺閉嘴。

我接著道：「讓他挾持妳，妳是門主徒弟，戲月峰地牢裡的侍衛肯定不敢莽撞，必定會往上去報。趁著這段時間，你們一定要逃出萬戮門，找個地方躲起來。咱們約個地方，到了晚上我去找妳，上妳的身，把柳滄嶺打跑，趕他回鑒心門。如此，妳便算救了他，我也擺脫這個麻煩了。」

芷嫣聽得連連點頭，等我說完，她起身就往外面跑：「那我先走了。」看她跑出門，我也慢慢地站起來活動了一下。然後一悶頭，往地裡鑽下去，不消片刻便到了地牢。

柳滄嶺正在我對面的牢房裡打坐調息，他面色不太好，應該是調得十分痛苦。沒一會兒，我便聽到嗒嗒嗒跑進來的腳步聲，芷嫣一衝進牢門，看見我，倒抽一口冷氣，滿臉驚愕，我在她開口之前道：「昨天去買了神行丸，這一個月的時間能飄得比人跑得還快一些。我和妳一起在這裡守著，要出事情，我還能幫忙出主意。」

芷嫣點頭，安靜地走了過來，在柳滄嶺牢房前靜靜蹲下，看著眉頭緊鎖的他，滿臉擔憂。

「妳這麼喜歡他，以後當真能手起刀落，取他父親的項上人頭？」

芷嫣垂頭不說話。

我便不再多言。

這一等便等到了下午，地牢裡不見天日，可我隱隱感覺這時間都快到太陽落山了。

柳滄嶺的面色趨於緩和，終於慢慢睜開了眼，而睜眼的一瞬就看見芷嫣在自己面前，這個一直表情很剛硬的正派青年，霎時眸色便軟了下來。

「芷嫣。」

芷嫣卻在這時收回了擔憂，掩去了眸中情意，故作疏離道：「我是看在自幼一起長大的分上才來幫你的。」

柳滄嶺一愣，問道：「幫我？」

「如今我已是萬戮門人，待會兒你可以假意挾持我，我們趁機逃出塵稷山。」

柳滄嶺面色一喜，「妳願意同我離開塵稷山？」

「我只是……」

「行了。」我在旁邊打斷芷嫣想解釋的話，「妳跟他解釋什麼勁，糊弄過去得了，趕緊讓他出來。」

芷嫣果然閉嘴，提氣運功，一記劍氣砍在牢門的鎖上，然而牢門紋絲不動……

她露出一臉尷尬。

我挑了挑眉梢，看來，我不在這世上，他們十大仙門沒有壓力，連徒弟都教不好了。

柳滄嶺見狀，伸手要去拿自己身側的佩劍，可他的佩劍早在那日他昏迷之時，被我拿去擋墨青的攻擊了，已經變成一團廢鐵丟在山谷裡。柳滄嶺也只得運了氣，以指做劍，用劍氣砍在牢門上，這次牢門應聲而破。

他倒是有幾分真本事。

然而，牢門之上有封印，被斬開後，外面的獄卒很快便察覺到了，連忙衝了進來。

此時芷嫣已經配合柳滄嶺站好，任由柳滄嶺的手指掐住了她的脖子。

「讓開！」柳滄嶺道。

獄卒見了是芷嫣，一時面面相覷，有點猶豫，不知如何是好。

我在旁邊有些著急：「妳要烘托氣氛啊！」我教芷嫣，「說自己好害怕，讓他們趕緊讓開，說這個傢伙把妳脖子掐得好疼！妳演得逼真一點好不好！」

芷嫣這才被我罵醒過來似的，連忙痛呼出聲，「我好怕啊，好疼啊……你們快讓開啊，他要殺我了……」她說著這話，柳滄嶺卻是一個愣神，微微把手拿開了些，竟是以為自己當真弄疼她了。

我覺得這些仙門的弟子簡直蠢得沒救了……

「把他的手蓋一下啊蓋一下！逼迫他用點力啊，你們倆怎麼都這麼不認真呢？」

我一路跟著指導，總算是讓他們闖到了地牢外。

看守戲月峰地牢的守衛不多，我粗略地掃視了一圈，數出十來個，我琢磨，如果光是這些人，憑柳滄嶺剛才那兩手，對付他們不成問題，只要別驚動其他……

「北山主正在附近，快去請他來。」

我陡然聽見一個守衛對另一個說出了這句話。當時心底一個咯噔，立刻對芷嫣說：「讓柳滄嶺立刻撂倒要去通風報信的人，其他全部打暈。」

芷嫣與柳滄嶺不愧是從小一起長大的青梅竹馬，也不知她是怎麼和柳滄嶺交流的，只見下一瞬間，柳滄嶺指尖劍氣一出，轉身欲走的守衛霎時撲倒在地，掙扎了好久也沒再起來。

其他人見狀意欲圍攻，這下芷嫣總算找到點感覺了，自己喊了出來：「啊啊，別別別！」

守衛們也只好退下，趁此機會，柳滄嶺周身運氣，正要動手之際，天邊忽然一個雷霆炸響落了下來，青鋼拐杖杵在地上，「老夫卻是不知，而今塵稷山，竟還有爾等宵小作亂的餘地。」

北山主……我承認他說這話確實很長萬戮門的威風，但我也體會到了，站在萬戮門的敵對面，且無力反抗時，內心有多麼無奈。

北山主出了名地討厭修仙者，而今一個修仙者挾持了另一個修仙者，我看他這陰鷙的眼神，想著上一次我用芷嫣這身體，在無惡殿側殿被他看到時，他那一聲冷哼……

嗯，他應該是打算把芷嫣和柳滄嶺一併弄死，最後大不了和墨青說個誤傷。

墨青還真能為了芷嫣和北山主撕破臉不成？

我一抬頭，從戲月峰這山腳往遠處一看，夕陽正斜，緩緩往山下沉去，跑是跑不了了，卻能搏上一搏。

「拖時間。」我道，「和北山主拖時間。」

芷嫣一聽面前這老頭竟是北山主，不用裝臉色也有點白了。見北山主上前一步，她立即道：「北山主救我啊，我是門主徒弟……」

袁桀一笑：「小丫頭，妳既是門主徒弟，也是我萬戮門的線人，幫我萬戮門做事，我自是得救妳的。」

言罷，袁桀青鋼拐杖往地上一杵，駭人的壓力頓時橫掃而過。我身為一隻鬼，自是感覺不出這壓倒性的力量，但只見旁邊草木摧折，守衛們也面露痛苦之色，功力低下的芷嫣更是直接被震出一口血。

柳滄嶺見狀大驚，正要保護芷嫣，袁桀憑空一抓，芷嫣的身體立即被抓了過去。

袁桀提住芷嫣的喉嚨，將她往旁邊一扔，不再理會。

芷嫣倒在地上，不停喘息。旁邊守衛緊張地詢問：「姑娘沒事？」是抓緊了一切時間在討好她。

袁桀頭也不回地冷冷一笑：「倒是辛苦妳了，老夫這便將這逃竄的賊子處理掉。」

他話音一落，殺氣向著柳滄嶺而去。

柳滄嶺憂心芷嫣，可也知此時芷嫣不在他身邊更好，當即全心應付袁桀，袁桀的青鋼拐杖舞得一點也不像一個老人家，竟比五年前我見他最後一面時，還要精進許多。

老不死，說的大概就是這種人吧。

兩方實力差距甚大，柳滄嶺沒接兩招便被打飛出去。他在空中一個旋身，讓雙腳穩穩落地，他抬起頭，神色雖毫不示弱，嘴角卻默默滲出了血絲。

「哼，鑒心門人。」袁桀一聲冷哼，「先門主與十大仙門劍塚一戰，你們出了不少力啊。老夫今日，便要幫先門主，出一出這口惡氣！」

咦……老頭子……

你忽然這麼說，竟搞得我心情有點……複雜……完全不知道該開心還是難過啊。

只見他青鋼拐杖再是一舞，殺氣掃出，柳滄嶺被強大的殺氣掃到牢門旁石柱上，狠狠一撞，像個布偶一樣掉了下來。

袁桀正要上前之際，卻被人拽住了衣袖，回頭一看，是芷嫣，她嘴角的血都還沒抹乾淨，就這樣直勾勾地盯著北山主。

明明平時那麼膽小的一個姑娘，此時卻倔得像一根釘死了北山主的釘子，「別打了。」

袁桀冷哼，一扶衣袖，甩開了她，「門主徒弟，妳是在幫挾持者說話嗎？」

芷嫣又抓住了他的腿，滿眼皆是淚，「不要打滄嶺哥哥了，求求你！」

柳滄嶺聞言，咬著一嘴血抬頭看她，目光極是動容。

袁桀眉眼皆冷，踢開芷嫣，他這個動作惹怒了柳滄嶺，柳滄嶺一聲厲喝，殺上前來，毫無意外的，被袁桀狠狠打開，這一次，柳滄嶺倒在地上，嘔了一地的血，爬不起來了。

再有一擊，便能殺了他。

忽然間芷嫣不知道哪來的力氣，掙開拉著她的守衛，撲上前去，攔在柳滄嶺身前，「別打了！」她跪在地上，張開脆弱的雙臂，就像護著小雞的母雞。

袁桀腳步未停，手臂一抬，青鋼拐杖迎頭打下！

我眸光瞥見天邊夕陽沉下，最後一絲餘暉在山頭上消失，我眸光一沉，身形一移，撞入芷嫣的身體。霎時之間，這具身體裡的疼痛席捲我的靈魂。

頭頂之上，袁桀的青鋼拐杖像是要劈開我腦袋一樣，震得我耳朵一片嗡鳴。

我咬緊牙關，死壓胸中翻湧的腥氣，急速調動這具身體中的所有力量，使之聚至一處，我沉喝一聲，只見周遭一片死寂，青鋼拐杖恰巧在離我頭頂三吋的地方堪堪停住。

我一抬頭，頸椎發出喀喀聲響，眼眸殺氣凝成刀，盯住北山主那雙陰鷙的眼睛。

「叫你別打了，聽不見嗎？」

話音一落，力量炸裂，在我的力量與袁桀青鋼拐杖的交接之處，磅礴的威力橫掃四方，似一把圓形巨刃，將周圍的山石與牢門砍出一道深深的痕跡。

山石陷落，在周邊砸下，空氣一片塵埃，十來名守衛在一旁口瞪目呆，噤若寒蟬。

芷嫣以魂魄之體在我身邊嚎啕大哭。

而北山主望著我，眼裡神情，驚愕非常，「妳……」

正是僵持之際，身邊倏爾傳來一道冷喝：「住手！」

袁桀往旁邊一望，收回拐杖，向後一退，所有守衛立即趴在地上跪好了行禮：

「門主。」

我一轉頭，那一襲黑袍已經行到我身前。

方才那一擊已經用光了芷嫣身體裡所有的力氣，我只能跪在地上，勉強撐著不要倒下。看著面前這人在我身前蹲下，他那身繡了暗紋的尊貴黑袍鋪散在地，染了塵埃。

他卻只是盯著我。

那雙透徹卻藏滿了祕密的眼睛裡，映著我的身影。彷彿是我錯覺似的，我竟見他唇角有一瞬間的顫抖，他抬起手，指腹輕輕在我臉上游走，手指粗糲的觸感，讓我以為自己又回到了在劍塚那天，我讓他去外面引開那些仙門弟子，打算用他的命來換自己的命。

他對我說：「我可以為妳放下一切，只要妳安好。」

哼，扯呢。

看我現在這樣，除了我的安好，你一切都得到了。

第十五章　九轉回元丹

芷嫣的身體太過疲憊，我控制不住，墨青一伸手，便攬住了我的胳膊，將我微微帶進懷裡。

在這一瞬間，我感覺到墨青的胸膛與手臂，竟有幾分把控不住的微顫。

我不懂他顫個什麼勁，只覺得心有不甘。

我擋個老頭子的拐杖，都跟從地獄走一遭一樣。他不過一句呵斥，便止住了所有風波。這麼威風帥氣的事……是以前都是由我來做的啊！

「門主。」袁桀道，「屬下正在懲處逃逸的修仙者，您這徒弟，不惜以身犯險想要救他，此舉……」

「那又如何？」墨青突然開口。這四個字將袁桀一噎，誰都沒曾想到，門主竟會如此袒護這個徒弟。

包括我。

我愣愣地望向墨青，看見他輪廓完美的光潔下頷，聽他不容他人置喙的冷冷下令：「我自有定奪，你且回吧。」

言語中，自有他的威嚴決斷，與之前醜八怪，到底是不一樣了。

袁桀握著青鋼拐杖的手一緊，手背青筋凸顯，但很快又壓了下去，只沉聲答了個「是」，便身形一動，消失無蹤。

墨青眉眼一掃，看向旁邊被嚇傻了的守衛們：「去傳南山主。」

南山主顧晗光是萬戮門的大醫師，當年我花了好多功夫，才將這個已經隱居世外的「醫神」挖到萬戮門來。

為的就是怕未來有一天我被打成重傷，或者中了劇毒，下面小的來不及給我找到神醫，我就死了，於是未雨綢繆地先將神醫備著。

可世事難料，我還是死了，備著神醫白給墨青占便宜了。

現在墨青這是……要讓顧晗光來幫我治傷？

我有點懵了，他為了芷嫣這個身體，幾乎不講道理地在北山主面前偏袒我，現在還要動用南山主？這和他之前那冷臉臭脾氣愛搭不理的風格差別有點大呀……

一天沒見，他身上發生了什麼事？

我心裡回憶著最後一次見他時，那是前天，在藏書閣裡，我小施計謀調戲了他，然後他就……悶不吭聲地走了。

看他今天這個表現，莫不是……

那天的勾引，其實已經在他內心深處落下巨大印記，給他造成了巨大的影響？他回去沉思了一天，經過無數思想掙扎，無數心理活動，本打算放棄這個身為仙門弟子且形跡可疑的我，萬萬沒想到我今天受傷，卻傷痛了他的心。他終於不得不承認自己其實已經愛上了我，按捺不住心裡澎湃的愛意，衝上前來，在北山主面前偏袒我，又傳南山主來給我看傷。

我覺得自己的推測很有道理，看看外面那些情情愛愛的話本，不都是這麼寫的嗎？

我抬頭瞅了他一眼，見他正垂頭盯著我，黑眸如晦暗深淵，可因著他將我全然映在瞳孔之中，這身淺色衣裳，倒襯得似眸中有光芒。他唇角抿緊，聲色微帶沙啞地問我：「傷得如何？」好似自己忍了痛一般。

我心道，雖說百來年前救了他一命，養了他一段時間，最後還死在他手上，但我不得不承認，這麼多年來，我真的一點都不瞭解他啊。

小醜八怪竟然這麼純情，笑一笑摸一摸居然就上鉤了！我還準備了一系列勾引你的方法呢，現在你讓我用給誰看？

不過倒也省了麻煩。

「師父……」我弱弱地開口，喚了他一聲，不再費力撐著身子，讓自己完全倒進他懷裡。

我抬起手，佯裝要抓他衣服，將手撫在了他胸膛心口處，此刻，只需要運氣，化指為利爪，穿透他的胸膛，便可將他的心臟挖出來。

我寒了眼眸，運轉體內氣息……

一時間，我竟忘了芷嫣這個身體有多虛弱，此時一點內息也沒有了。

我只好當真將他衣服拽住，一抬頭，對上了他的目光。他盯著我，就是這雙眼，讓我覺得自己像是被他看穿了，在我死之前如此，現在也是如此。

我莫名覺得，他已經知道我是誰，也知道我剛才想對他做什麼。可他不動聲色，像是即便我真要挖出他的心，他也會一聲不吭地任由我挖。

墨青這樣的人，走到這個地位，怎會輕易讓我挖出他的心，又怎會在知道我是路招搖後，還讓我活著？

難不成是因為他喜歡路招搖？

我暗笑，這個想法太天真。

魔道，即便墨青毀了鞭屍臺，推了掛屍柱，但他永遠推不倒在這條道裡，人心對於權勢的渴望。沒有哪一種愛，能凌駕於權勢之上。

我只能猜測，他現在不殺這具身體，甚至愛上這具身體，只是因為他認為這身體雖然奇怪，但不會對他的地位產生威脅。

我得把握著這點，在他愛著的階段，找個機會，把他做掉。

「師父，我以為我再也見不到你了。」我努力擠出眼淚，波光瀲灩地看著墨青。戀愛中的人嘛，總是會心疼對方的。

果然墨青眸光微微一動。

「不會。」他答得很鄭重，「妳若想見我，我便會在妳身邊。」

恍惚間，我有點理解為什麼自己會死在這個小醜八怪的手上了。因為，他的言行舉止，處處都讓我無法理解。就像現在，我還沒開始勾引他呢，他就已經愛上了。

這種感覺，就像我剛放下魚鉤，魚就自己跳到簍子裡了，真是嚇死釣魚人。

我咳了一聲，一時竟不知該如何接話。這時身側一道風襲來，化解了這段尷尬。

顧晗光來了。

這幾年來，他幾乎沒什麼變化，還是一臉老成的小孩模樣。

已經是開春的天氣了，他依舊裹著厚厚的雪貂大氅，唇色泛著蒼白，他對著墨青道：「你找我？」

即便我這麼大喇喇地躺在墨青懷裡，他也沒多看我一眼，這說話的語調也如當年一般，不帶半點恭敬。

但因為他是顧晗光，世上唯一可以和閻王搶命的人，所以我默許了他的不敬。

「嗯。」墨青喚他，「給她看傷。」

顧晗光聞言，這才瞅了我一眼。他是個小孩身體，這輩子都不會再變成大人了，站著時和墨青半跪著差不多高。

他目光只在我身上掃了一圈，「些許皮外傷，內息耗損過度，不用治，吃點補氣調息的藥，調理些時日便好。」言罷，他問墨青，「背後那個反而傷得重些。」

我這才想起，哦，對了，我是為了救柳滄嶺才弄成現在這樣。

我在墨青懷裡蹭了蹭，從他肩膀上往身後望去，只見柳滄嶺趴在地上，跟死了一樣一動不動，而芷嫣跪在柳滄嶺身邊轉頭，淚流滿面地看著我，「妳快別調情了，滄嶺哥哥都要死了，我才是要再也見不到他了！」

那就幫忙治一下吧。

我話還沒說，墨青便徑直將我打橫抱起作勢要走，「處死。」

咦，什麼？

我又不懂了，墨青你也是看心情看喜好在管理門派嗎？你施粥這種事都幹了，怎麼現在又要處死人了呢？

「師父……」我抓了抓他的衣服，「他是……呃……」

芷嫣見狀，便立即在一旁補充：「是與我一起長大的師兄，是我青梅竹馬的哥哥……」她說著，像是觸到了心裡最酸軟的地方，嘴角一顫，「是與我尚有姻親的良人。」

於是我總結了一下：「是我極親近的人。」

墨青眉頭一蹙，「妳想救他？」

「對啊。」我費了那麼大把力氣，可不是為了送一個死人出塵稷山的。

墨青嘴角有些緊，看他神情，似乎不太情願救柳滄嶺。

小醜八怪，你現在不是很仁慈嗎，為何我希望你仁慈一下的時候，你偏偏就狠下心腸了呢？

我轉念一想，墨青現在喜歡我呢，他這表現，難道是在……吃醋？

為了救另一個男人，把自己弄成這副狼狽樣——墨青不高興了。

呵，你們這些占有狂。不就是希望我心裡眼裡全是你，看這個世界除了你以外全是醜八怪嗎。我滿足你就是了嘛，何必搞出人命。

「師父。」我往他懷裡蹭了蹭，「讓他走吧，我不想在一顆心裝滿你的時候，還要被別人的負罪感占據。」

芷嫣在一邊哭一邊指著我的鼻子罵：「妳不要用我的嘴說那麼噁心的話！」

哼，小ㄚ頭，懂什麼，人家戀愛都是這麼談的。

看吧，墨青這不就沉默了嗎，還沉默得有點久呢，顯然是對我的甜言蜜語沒有抵抗力了。

「治好以後，丟出塵稷山。」他冷聲吩咐。

顧晗光蹲在柳滄嶺旁邊開始把脈，準備施針，抽空說了句：「趕緊走。」還是老樣子，連門主也敢趕，一點見不得別人在他面前成雙成對。

墨青也沒耽擱，抱著我便回了無惡殿。

我看了一下他帶我回來的這寢殿，竟是我以前的寢殿。門主的寢殿現在想來是墨青在住，他竟然把我帶到了這裡。

嗯，果然是愛意來得波濤洶湧，讓他迷失其中啊。

「妳先好好歇息。」

他將我放到床榻上，走到一旁點了燈，便至外間拿了一盒丹藥進來。看見那盒丹藥，我眼睛亮了亮。

九轉回元丹，保命救人，提升功力，增加修為的利器啊！像芷嫣這種級別的修仙弟子，吃一顆打坐一宿，便可讓傷勢痊癒，修為大漲。

「師父，這個……我可以吃嗎？都是我的？」

「嗯，都是妳的。」

我往盒子裡晃了一眼，粗略一數，裡面約莫有六顆九轉回元丹，光吃這個，一個月內，我必定能讓芷嫣變得比一般中級魔道弟子還厲害，那可是人家修個二三十年也不一定能修到的程度。

「九轉丹雖好，短時間內卻不可連續服用。」墨青說著，只從盒子裡拿了一顆出來給我，「今日妳內息耗損嚴重，吃藥之後好好打坐調息。十日之後再來找我，給妳第二顆。」

什麼，這人怎麼那麼小氣，給東西還分次的？我知道九轉丹不能天天吃，但也不用隔十天來一顆吧？害我一個月能辦好的事，得花五十天才能辦妥。

算了，他現在是門主，他說了算。

我認命吃下一顆九轉丹。

丹藥進入胃裡，登時一股充盈的靈氣慢慢流轉全身。我閉了五識，沉浸在一片黑暗中。以往練功我皆是如此，而這一次，我卻像是有了第六感一樣，覺得墨青那雙眼，一直在旁邊盯著我，整晚都不曾離去。

第十六章 顧晗光

翌日，清晨。

芷嫣回魂時，我已經讓她的身體把九轉丹吸收完了。我先是往旁邊一看，見屋裡沒人，心道昨晚感覺墨青一直盯著我果然是錯覺，才轉過頭來打量芷嫣。

這具身體一洗往日疲憊，容光煥發，連頭髮都黑亮了許多。

我站在芷嫣身邊，看她回魂後，因為感受到身體異常，而微微睜大的眼，覺得自己竟然有一種給自家寵物洗了毛的成就感。

芷嫣握了握手，又站起來蹦躂兩下，「好神奇！昨天明明被摔得那麼慘，竟然都不痛了！」

「妳小心說話。」我道，「這是在無惡殿呢。」

芷嫣立即捂住嘴。

「我們先回戲月峰，邊走邊說。」出了無惡殿，沒人阻攔，我頂著太陽，用與芷嫣一般的速度飄著。

我在路上問芷嫣：「柳滄嶺治好了吧？丟出塵稷山了嗎？」

說到這個，芷嫣左右探了一眼，確定路上沒人，才小聲與我道：「你們南山主好厲害啊，紮了幾根針，就將滄嶺哥哥當場救了過來。守衛們已經把他送出塵稷山了。」

我揚起下巴道：「顧晗光要是連這點傷也治不好，留他在萬戮門也沒用了。」

「那我這身體的傷，也是那南山主治的嗎？」

「吃了顆九轉回元丹而已。」我頓了頓，「不過九轉丹也是顧晗光煉的，算是他治的吧。」

芷嫣又微微抽了口氣：「九轉丹？就是那個『寧棄嫦娥升仙途，不捨九轉回元丹』的神藥？我居然吃了那個東西？」她摸摸自己肚子，「受個皮肉傷就吃那種東西，你們萬戮門真是奢侈……」自言自語地嘀咕完了，她轉頭看我，「你們南山主連九轉丹也可以煉出來，他為什麼不治治他自己呢，聽說……他以前也是個翩翩公子呢……」

芷嫣看我的眼神裡，帶了些許探究。

我知道她在想什麼，她在想江湖上，關於顧晗光和我那些亂七八糟的傳聞。

南山主，姓顧名辰字晗光，人稱為閻王愁，因為他醫道精湛，能從閻王爺手裡搶人，令閻王爺發愁。

他年少成名後，便常年隱居山野，不見蹤影，後來再有他的消息，就是他被我招入萬戮門之際。那時，他卻從一個美如玉的翩翩公子，變成一個瘦弱蒼白的小男孩，從此沒再長大。

江湖上從此眾說紛紜，流言遍野。其中流傳的最廣的一個說法便是——路招搖采陰補陽，用力過度，害了顧晗光。

這些名門正派就知道造謠。

我路招搖風裡來浪裡去，縱橫江湖這麼多年，放眼全天下，沒有一個男人能比我更帥氣。

顧晗光只有醫術能入我眼，而那渾身孱弱陰柔的氣質絕不符我的口味。要論采陽補陰，那也是他顧晗光采我的陽才對。

對此事，芷嫣用充滿著微妙好奇的眼神看著我。我白了她一眼，說道：「顧晗光確實是因為一個女人才變成這樣，但那個女人不是我。」

芷嫣立即死盯著我，滿心想瞭解江湖內幕的模樣，興奮地問道：「他被誰采了？」

「……」還名門正派呢，思想一點也不純潔，「沒被誰采，他自願為一人療毒，將那毒引到自己身上，變為幼童，常年忍受冰霜寒凍之苦，即便身在盛夏，也如墜冰窟。」

芷嫣有點愣，「都說在妳統治的時代，入萬戮門的，都是窮凶極惡之徒，沒想到，還有顧晗光這樣為救他人而捨棄自己的……」

「哼，天真。」我掃了她一眼，「入我萬戮門前，顧晗光也不是個心慈手軟的主，他的溫柔只對那一人而已。」

「那到底是誰……」

我摸著下巴，「妳也應該知道，十大仙門裡，唯一一個只有女弟子的門派……」

「觀雨樓？」芷嫣打斷我，「她們不是……入門就不能動情了嗎？」

「對呀，可她們樓主控制不住嘛。」

芷嫣更吃驚了。「妳說讓南山主捨身來救的，竟是觀雨樓主沈千錦？不可能啊，沈樓主冷面無私，從沒聽她提過南山主的事啊。」

我撇嘴，「她什麼都記不得了，當然不提。」

當年我千方百計誘顧晗光入我萬戮門，他絲毫不為所動，後來也是機緣巧合，沈千錦一身情毒發作，走火入魔，昏睡不醒，要死不死的時候，顧晗光就只有抱著她來找我，求我幫忙與他一同幫沈千錦驅毒。他付出的代價就是，一個健康的身體，和永遠留在萬戮門。

之後，顧晗光一針封去了沈千錦的記憶，放她回觀雨樓。而他入萬戮門後，就再沒離開過塵稷山。從此仙魔兩道猶似天人兩隔，永不相見。

顧晗光也是從那時開始，見不得別人在他面前恩愛，見一對拆一對，恩愛得過分的，當場紮個半身不遂也不是沒有過。

其中因果我沒心思與芷嫣細說，便簡單地提了幾句，剩下的讓她自己猜。

回到戲月峰，我便讓芷嫣去山下找人幫我燒紙錢。

她自是求之不得，應該是想偷偷去看柳滄嶺一眼。只是離開之前忽然一本正經的與我說了一句：「以後，妳教我修魔可好？」

我一挑眉，只見她眉宇之間皆是嚴肅與認真，「我不想再像昨天那樣，在想要保護什麼的時候，卻無能為力得一塌糊塗。」

我抱起了手，「哦，又求我幫忙啊。」

「我今天一定找一百號人給妳燒紙錢！妳等著！」言罷，她便急匆匆地跑出去了。

小丫頭，倒是摸清了我的脾氣。我笑著勾起了唇角，讓我教徒弟，有點意思，頭一次有人自己送上門讓我欺負呢。

晚上芷嫣回來時，幾乎是夾著尾巴回來的，因為她身邊跟著墨青。她手在身前握得死緊，像囚犯一樣走在後面，墨青則在一旁走得風淡雲輕。在我這小院門前站定了，芷嫣規規矩矩的鞠躬：「謝謝門主。」

墨青抬頭看了眼天色，「以後無論前去何處，傍晚前必須回到塵稷山。」

「謹遵門主教誨。」

「嗯，先回吧。」

芷嫣躡手躡腳地進了屋，我在外面盯了一眼，發現墨青走了，趕緊進來問她：「妳怎麼會跟厲塵瀾一起回來？妳有沒有露餡？下次叫他師父呀，自然一點，可愛一點那種，來，學一下我看看。」

芷嫣嘴角僵硬且抽搐地扯了笑容出來，然後直接拿身體往我身上撞，這一次，她自己從身體裡跑了出去，而我接住了這具被她「拋棄」掉的身體。

她化成魂魄的形狀，縮在角落裡發抖：「不行，果然還是不行，我不能和厲塵瀾待在一起，我走路都快同手同腳了。他不說話，光那身氣息就能壓死我了。」

哪有那麼可怕……

她緩了好一會兒，才不抖了，然後道：「我還在山下找人燒紙呢，厲塵瀾忽然就出現了，讓我回山上。」

「為什麼？」

「不知道，許是怕晚上山下……危險？」

約莫是吧，戀愛中的人嘛，特別是像墨青這種有點占有狂氣質的，總是喜歡讓女孩子晚上不要出門，一定要在某個時辰之內到家。

雖說傻啦吧唧了一些，也算是一種別樣的關心。

我正這般想著，忽覺屋內空氣一沉，一襲暗紋黑袍的男子便出現在屋中。即便是我，也被這突然驚了一瞬，墨青……怎麼還沒走？

我回憶了一下剛才用這個身體說的話，雖然只說了一句「為什麼」，可一個人在屋裡自言自語確實有點奇怪。我正在琢磨著說法時，墨青開口了。

「走吧。」

去哪裡？

我飛快地瞥了在角落抱著膝蓋的芷嫣一眼。

芷嫣顯然也是一臉驚訝：「我不知道呀。剛回來路上，他就剛才在門口和我說那兩句話，妳都聽到了不是？」

於是我扯了一個笑容出來，問墨青：「師父，去……哪裡呢？」

他一聽我說話，眸光仿似柔了一瞬，聲音依舊是習慣的淡漠：「無惡殿。」

我又瞥了芷嫣一眼，這到底什麼情況，妳趕快告訴我啊！

芷嫣有點慌，「我也不知道呀！他就讓我回山上，說完就走了！現在回來就讓妳去無惡殿……為什麼？」她反而問我。

我忽然覺得要教這麼一個徒弟，大概是件很累的事。

「怎麼忽然要去無惡殿啊師父？」

「妳不是我徒弟嗎？」

墨青也反問我，我只能硬著頭皮道：「對呀。」

他黑眸裡似乎含了幾絲深藏的笑，「門主徒弟，豈有臥於戲月峰的道理。」

你說的……是很有……道理，可你為什麼現在才提出來啊！說白一點，你就是喜歡上這具身體，想和她住在一起，時時刻刻能看得見摸得著能占便宜是吧！

別以為我看不懂你，你這個小悶騷！

第十七章　無惡殿

我與墨青去無惡殿時，沒有吃神行丸的芷嫣只能貼著門柱站著，一臉淚汪汪地盯著我：「招搖魔王，妳一定要好好保住我的身體啊，我……我可還是黃花大閨女呀……」

說得跟誰不是一樣，我斜了芷嫣一眼，她又立刻補充：「妳也不可亂性！要控制住自己！」

這個名門正派的弟子，腦袋裡成天想著采陽補陰了嗎？

我不搭理她，隨著墨青的腳步，離開了戲月峰。

這一次墨青卻沒有用他的瞬影之術，只是帶著我，像飯後散步一樣，一路從戲月峰走上去主峰的小道，走得夕陽沉下，晚霞沒落，直至皓月當空。

好長一段路，他不說話，只負手在前面走著。我亦是沉默地跟在他身後。

我琢磨著，墨青大概是在學其他人談情說愛呢，吃飽沒事就出來閒逛，說是能增進感情。雖然我覺得這種閒逛沒什麼作用，不過因為我現在是要勾引他的，讓他高興高興也好。

而且……離開禁地孤墳以來，我也沒有好好逛過塵稷山，現下這般走著，卻也有幾分回顧過往的感慨。

登上塵稷山主峰前寬敞氣派的階梯，我抬頭望了眼遙不可及的高處，在那裡矗立著我萬戮門最巍峨的建築——無惡殿。

許久未從這個角度仰望，我倏爾憶起第一次走到這裡的時候。

我從故鄉出發，到了塵稷山的後山，偶然打了名揚天下的那一架，救下墨青，然後帶著他翻山越嶺，走到前面順安鎮。歇了幾晚，便被客棧的人得知了魔修的身分，立即被客棧守衛趕了出來。

那時我傷得重，沒力氣與他們糾纏，便帶著墨青，又是一路跋涉，上了塵稷山。

那時的塵稷山還是一座百里荒山，只有主峰上尚存一座廢廟。現在山前這寬闊氣派的階梯都是後來我建了萬戮門後，著人修整的。當時，這山上的道上，只有肩寬的石板，一截有路，一截無路，荒草雜生，青苔漫布，我便背著沉默寡言的墨青，一步一步，從山下，攀著那破階梯，走到了破廟之上。

總算暫時找到了歇息之地。

我與墨青在破廟裡住下。廟裡沒吃的，墨青天天出去摘果子，而我吃不吃東西都能活，就是每天嘴裡沒味不舒爽，有時就搶墨青摘的果子吃。

我不愛甜，專拿他摘的沒熟透的果子，酸酸的，微帶澀，我喜歡這個味道。於是墨青便會留意著路邊的青果子，每天專門給我帶兩個回來解饞。

細細思量，那時我並不覺得小醜八怪有多醜，因為我覺得他老老實實挨欺負、忠心維護我的樣子也挺可愛的。哪曾想……

那些年，打發他去看門，看著看著，怎麼就看歪了呢……

還得內心有多少不平衡，才能讓他把我害死呢？我心中生起不忿，隨即哀哀嘆了一聲氣，停住腳步不走了。

墨青站在上兩級階梯上轉過頭看我，他背後是朗朗明月，亮得晃眼：「師父。」

我有點委屈的，眼巴巴地望著他：「這一路太長，我都走累了，要不……你背我一截路吧。」

讓門主背，其實是一個略損他高冷威嚴的要求。

不過談情說愛嘛，就是要慢慢提出比之前更過分一點的要求，在相處過程當中占領對方。直至深入腹地，占山為王，最後將對方控與掌中。

我現在就是想試試，墨青他喜歡這個身體，到底能縱容到什麼程度。

「過來。」他當真喚了我，沒有一點猶豫地讓我站在了比他高的階梯上，趴上他的背，背起了我。接著一步一步，繼續往上爬。

他這麼坦蕩爽快的模樣，或許……在他心裡，根本就沒覺得這個動作有損威嚴呢。我琢磨，他是不是還覺得有點小竊喜，因為喜歡的人，對他撒嬌了，所以即便我說累，他也寧願滿足我，背著我，也不願一個瞬行，回到無惡殿。

呵，小悶騷，看不出你還是個情種。

我抱著他的脖子，手掌輕輕貼在他胸膛上，我找了找位置，這裡是他的心臟所在。若我提起運功，化指為爪……

我頓了頓，摸著墨青這身黑衣，然後借著月光審了審他衣領的料子，東海鮫紗，以鮫人鱗片煉製而成，沒有北山主那樣的功底，是絕對撕不開這衣服的。不過，若有萬鈞劍半分威力的利器，應是可以割破的。

然而此刻我什麼都沒有，只剩一點薄弱的內息能讓手指長出鋒利的指甲。

我登時安分下來。看來，要殺墨青，我不僅要提高功力，還要能在他脫光衣服時接近他，最好有把利劍，以便行事。

我趴在他後背上，腦袋倚著他肩頭，拿食指在他胸膛上畫圈圈，喊道：「師父。」

我刻意放軟聲調，在他耳邊呢喃細語，「上次北山主欺負我啊，拿得是那青鋼拐杖，且聽說那南山主手上金針，除了救人以外，也可殺人無形。他們都好厲害啊，哪像我都沒有傍身的武器都沒有……」

「四海之內，有妳喜歡的武器嗎？」

我喜歡萬鈞劍，你把它給我啊！

我忍住這話，轉道：「之前我在仙門，聽說海外仙島六合之上有一把寶劍，本是立於山巔的一塊鋼鐵之石，受天雷風霜打磨，日復一日，竟成了一把天劍，它……」

墨青好像輕笑了一聲，「六合天一劍，倒是好品味。」聽這語調，竟是真的很寵溺地在誇我似的。

我被這語調弄得心莫名停了一瞬，畢竟……在我記憶裡，甚少聽到有人這樣與我說話。

我清咳一聲，找回自己勾引人的調調，繼續在墨青胸膛前畫圈圈，「那師父……」

「明日忙，隔日幫妳取。」

仙島很遠啊，還有各種天成法陣、守寶神獸，瞬影之術在那些地方施展有限，是以活著時，我雖對這劍心心念念了一陣，卻因事務繁忙，而懶於去取。墨青這一答應，倒幫我完成了一個願望。

我心頭高興，連帶著他殺了我這件事也沒那麼計較了，我抱著他獻殷勤，「師父，你背我累不累呀，要不要歇一會兒？」

墨青反問我了一句牛頭不對馬嘴的話：「月亮好看嗎？」

「啊？」我抬頭望了一眼，皓月當空，萬里無雲也無星辰，「好看啊。」

「喜歡嗎？」

「喜歡。」

我手臂在前面抱著墨青，手掌貼在他胸膛，只覺得他胸膛微微輕震了一下，好像在笑。

「喜歡就好。」

這一瞬間，在前後無人、寬闊氣派的長階之上，不知為何，我竟覺得心頭一跳，有種傳說當中，被……撩到的……心跳感。

我想，一定是芷嫣的身體，太經不起別人說情話了。

第十八章　琴千弦

墨青背著我一步步地走，我趴在他肩頭，愣愣地看了一路的月光。

上了無惡殿，守門侍衛看見背著我的墨青，只是垂頭行禮，沒說半點話。但從他們身邊經過時，我心細地發現，他們額上的冷汗都滴在地上了。

沒見門主背人走過路吧，我知道他們在想什麼，他們在想，今天看見了這一幕，是不是快命不久矣了……

然而墨青卻沒有管他們，直接將我背入了無惡殿內。

我剛從墨青背上下來，便見無惡殿內閃過一道黑影，單膝跪地，只手撐在地上，恭敬地向墨青行禮，墨青淡淡地詢問：「房間收拾好了？」

「回主上，已收拾妥當。」

墨青擺了擺手，黑影便在眨眼間退了下去。

我知道這是在無惡殿負責保護門主的暗羅衛，比起外面看門的侍衛，他們更厲害，也更忠誠。他們守衛門主，也保護門主的權利，負責整個萬戮門的情報監控，叛變的，私底下幹壞事的，都會由他們抓住，再送與門主懲處。

這是我在的時候便立下的規矩，只是剛才來稟報的人，我覺得很陌生，必定不是我活著時養的那一批人。

想來也是，整個萬戮門沒有比暗羅衛更忠誠的人了，我死了，他們不願侍奉新主的，或許都自盡了吧。在這裡的，應該完全是一支專屬墨青的隊伍。

我撇開這些思緒，撐著一臉淡定地問墨青：「師父，你打算讓我以後都住在無惡殿嗎？住在哪個分殿啊？」

「濯塵。」

我嘴角的微笑有點掛不住。

無惡殿很大，最前方的便是無惡大殿，旁邊有兩個小側殿。無惡殿背後便是門主寢殿定風殿，而在定風殿兩邊也各有兩個小側殿，一是濯塵，一是清波。

其中，清波乃書房，堆著又厚又高的書冊，我素日辦公便在那方，而濯塵殿便一直空著，我偶爾閉關打坐便在那裡，與定風殿，不過一牆之隔。

若我沒記錯，這定風殿與濯塵殿相連的那堵牆，就是床榻後面那一堵吧。而濯塵殿的構造，若要放置床榻，應該也是放置在那堵牆的後面。

那豈不是拆了牆，晚上就等於同床共枕了？

對墨青這種級別的魔修來說，有牆和沒牆根本差別不大啊！

好小子，簡直賊心若昭！

可我一時也不好拒絕，只好應了，隨即被侍從領去了濯塵殿。

以前用來打坐修煉的房間，現在全然布置成了女子房間。

我沒有上床榻睡覺，只在中庭榻上打坐了一宿，幫芷嫣調理身體。等第二天芷嫣回魂，我借著晨光，先教了她打坐吐納的方法，讓她自己學會好好地調理經脈氣息。

然後便對牆穿了過去，想觀察觀察墨青的動向。

昨晚我打坐時就在想，現在墨青有了自己的暗羅衛，要殺他，要奪權，光靠芷嫣的身體，絕對辦不到。

我需要一個團隊，能在我殺了墨青後，協助我處理規模越來越龐大的萬戮門。

我想到了姜武。雖然收服他可能有難度，可也得試一試。

然而，要聯繫姜武，就必須離開塵稷山前往江城；要去江城，就必須擺脫墨青；要擺脫墨青，就必須掌握他的動向，替自己爭取到最多的時間。

我穿過牆，但見太陽才剛剛升起，墨青就已經沒有睡在床上了，或許……昨天一夜他也沒有沾著床榻。

他坐在定風殿的書案前，還在不停看著面前堆積的書信，偶爾做些批復，忙得就像那些凡人的皇帝。

這麼繁忙的人，昨天居然花了那麼多時間，和我一起從戲月峰走回無惡殿。若不浪費那些時間，夜裡好歹也能歇一會兒吧。

他真的那麼喜歡芷嫣嗎？

我飄到他書案前，趴在案上，審視著他。

桌上的燈還點著，因為一夜繁忙，他額前的髮絲有幾許滑落下來，垂在紙張上，襯得他神情越發認真與嚴肅。

我又見到了一個與小醜八怪不一樣的墨青。

臉上沒了墨痕，也不刻意遮掩面容，這樣看來，小醜八怪其實……滿好看的……也不怪他第一次來給我上墳時，我對他的容貌那般驚豔。

「主上。」外面傳來暗羅衛的聲音，「貴客到了。」

墨青應了一聲，起身繞過書案，與我擦肩而過。我跟著追去，見他入了清波殿，正想追進去見見到底是何方「貴客」，讓墨青昨天以「忙」的理由，拖延了去仙島取劍的時間。

我萬萬沒想到，自己居然在門口被一道結界攔下了。

我一隻鬼，被陽間的一個結界攔下了？擋在門外，進去不得。

我很驚訝。

陰陽相隔是這世上最堅固且極難打破的壁壘，陽間法術打不疼我，而我也無法傷害活人，生活在同個空間，卻不能互相觸碰。這個結界，卻將我攔住了。

從某個角度來說，這個結界跨越了生死。

我越發好奇了，這布結界的人是墨青嗎？他去裡面見的到底是什麼人？

我好奇心萌發，便哪兒也不打算去了，就抱著手在門口等著，從白天等到夜裡，也沒等到裡面有人出來。

直到打了一天坐的芷嫣到清波殿門口來找我，我也沒有等到人。

而芷嫣一來，清波殿的殿門便打開了。

裡面兩人走了出來，為首的自然是墨青，他一出現，本來還打算和我說話的芷嫣登時頭皮一麻，渾身一怵似的，立即僵在原地。

墨青掃了她一眼，眸中情緒無風無波。而他身後跟著一位頭頂戴著長幕離的人。一見那人，我立時就了悟了，原來是他，難怪我進不去。

我還在感慨，旁邊的芷嫣見了那人，竟然瞪大眼，喚了一句：「大伯父？」

我也失聲喊了出來：「啊？」我很是不解，「妳叫他什麼？」

戴長幕離的那人聞言，將頭上的幕離紗簾微微撩開，看了芷嫣一眼。

「芷嫣？」幕離背後那張美得讓男女皆醉的臉，如同廟裡供的菩薩，寶相莊嚴——正是千塵閣主，琴千弦。

芷嫣叫他大伯父，原來……她是琴家的千金？

原來她有一個那麼大的靠山，那為何要來萬戮門入魔修煉，再去殺柳巍？直接告訴琴千弦不就得了？鑒心門在十大仙門裡算實力堅強，可千塵閣也不差啊。兩大仙門對峙，柳巍老頭也不好受。

啊，也不對……如果是這樣，那柳巍老頭也不傻，知道芷嫣的身分，為什麼還要殺她爹呢？那可是琴千弦的弟弟啊！他這不是公然與千塵閣作對嗎？這事想起來，很是蹊蹺啊！

我摸著下巴望向芷嫣。

琴千弦望了她一會兒，隨即又放下了幕離，聲色並無太大波動：「妳竟是到了此處來。」

芷嫣咬著下唇，隱忍道：「我說了，我會想辦法幫我爹報仇。」

「妳爹身故，極其蹊蹺，柳門主並非那般心狠手辣之……」

「我親眼所見！您不信我也罷，也別再勸我就是。」芷嫣說完，轉身便走。這小姑娘發起脾氣來的時候倒是極為乾脆俐落，我旋即追了過去。

離開之時，夕陽傾斜，最後一抹一揮落在我與芷嫣身上，我轉頭看了看墨青與琴千弦，卻見戴著幕離的琴千弦彷彿正盯著我。

別的人我敢拍胸脯保證他們看不到我，即便墨青也是。唯有這修菩薩道的琴千弦，玄乎至極，江湖上沒有人知道他到底有多厲害，因為沒有人與他動過手，即便是好戰好勝的我。

我聽說他樣貌傾城，便將他捉來關在地牢裡賞看，看了一晚上，他只閉目打坐，像一尊菩薩，不見半分生氣，不見焦躁，更沒有要與我動手的意思。

我當時也只為一睹美色，看完也就把他放了，沒甚衝突。

而琴千弦也不過往這邊盯了一瞬，在夕陽餘暉落下後，他便轉了頭，和身旁的墨青道：「厲門主，我這小侄女在貴門之中，可有異常之舉？」

「何為異常之舉？」

「可有，忽然變得不像她的時候？」

聞言，我覺得後背一怵，連忙盯向墨青，只見墨青面不改色，毫不猶豫地答道：「並無異常。」

我一怔，心道，原來我和芷嫣這般顛來倒去的換身體，在墨青面前也不算異常嗎？愛情的力量還真厲害，竟可以一葉蔽目啊！

而且，墨青也沒有追問過芷嫣的身分……想來也是如此，之前待在塵稷山那麼長的時間，墨青有心要查，肯定早就將芷嫣的底細摸得一清二楚了。

原來弄到最後，我才是對芷嫣身分來歷最不明白的一個！

琴千弦與墨青又寒暄兩句，隨即身影便消失了。然後墨青眸光一轉，盯住了正在往山下走的芷嫣。

我連忙喚了一聲芷嫣，讓她站住，立即飄了過去，撞進她的身體裡，我小聲說了一句：「回頭再問妳別的。」

話音一落，墨青的身影出現在我身前。

他盯著我，一開始沒什麼表情，隨即我對他淺淺一笑，軟軟地喚了聲：「師父。」

只見他眸光似乎也柔了一瞬，我接著道：「剛才忽然看見大伯父，我都嚇了一大跳，他怎麼到塵稷山來了呀？」

他倒是也沒避諱，與我直言道：「柔佛巴魯姜武一流最近于江州城中越發放肆，遂請千塵閣共商剿滅一事。」

我一愣，心頭閃過了無數計畫，正盤算著如何在這場爭鬥中謀取利益時，墨青忽然問我：「妳呢？」

我眨巴著眼問他：「什麼？」

他眸色中帶了幾分玩味，「妳與鑒心門的仇，具體又是如何？」

我與鑒心門的仇……我怎麼知道具體如何，我又不關心芷嫣為什麼要報仇，我只需要知道她想殺誰，然後我幫她殺就是了嘛！

我飛快地瞥了芷嫣一眼，芷嫣被這麼一問也有點慌，開始東拉西扯地想從事情根源開始解釋。

我聽了兩句，乾脆對著墨青笑彎了眼，主動湊過去抱住他的胳膊晃了晃，「師父你看，太陽雖下山了，可今日晚霞這麼美，咱們就不提那些糟心事了。待以後我再與你慢慢道來，現在，不如就共賞晚霞吧。」我隨性地往階梯上一坐，再拍了拍旁邊的石階，邀請墨青坐下。

我聽到一聲輕笑，是他笑了。

若說昨日感覺到墨青胸膛的震動、聽見他的微笑，也許是我自作多情。但今日在這晚霞的映照下，墨青微微彎起來的嘴唇和眉眼，竟是如此真實，恍惚間竟讓人有種身在夢中的錯覺。

因為此刻，我竟不覺琴千弦有多美了。

世人所有對於琴千弦容貌的讚譽，在這個淺笑面前，都黯然失色。

這樣的墨青竟然對我說：「好。」他委屈了這身東海鮫紗的衣袍，在我身邊坐下，瞭望向遠方的晚霞。看了一會兒，他轉頭來看我，觸到他的眼神，一時之間，我竟又覺得心臟開始不受控制地亂跳了。

我挪開目光，看看遠方，又看看膝蓋，還轉頭看了看身後的侍衛。

這些侍衛也如同昨晚一樣，垂著頭，繃著臉，冷汗一顆顆地往地上掉，差點哭了。

心裡想的，大概也是，他們看見門主這麼多面，是不是真的離死不遠了？

第十九章　再遇姜武

一直到晚霞褪去，黑幕落下，露出漫天繁星，坐在我身邊的墨青也沒有半點起身離開的意思。

好像和我坐著看星星就能看到天荒地老似的。

他不著急，我卻被這沉默憋得有些受不了。

昨晚沒燒到紙錢，今日白天也沒燒，今晚再不去找人燒錢，這一天的時間便算是浪費了呀！

我雙手在身前交叉，正打算隨便找個話題催墨青離開時，他卻開口了：「待會兒我便啟程去海外六合島。」

見他主動說了話，讓我一時之間無話可說了，只能「哦」一聲。

「仙島取劍，瞬行之術會受阻礙，或許兩三日後方能歸來。」

「嗯。」

「我不在的時間……」我以為他定是要警告我，讓我不要到處亂跑闖禍什麼的，結果他卻道，「有什麼想要的，告訴暗羅衛即可。」

咦，這麼放心我？

我要在你離開的這段時間告訴暗羅衛，我要搶你的門主之位，他們會答應我嗎？

當然，這話我是不會說出來的。

墨青說完話，又沉默了下來，但仍然沒有離開。隔了一會兒，才轉頭看我，黑色眼瞳之中映著的是我的臉龐與夜空的星。

「沒有什麼要跟我說的？」他這麼問我。

我默了一瞬。

行行行，我知道了，你不就是想要關心、想要一些窩心的甜言蜜語嗎？等拿回了劍，還要誇獎與讚美是不是？好！我滿足你！都滿足你可以了吧？

於是我覆住了他的手背，輕輕握住他的掌心，用掌心的溫度溫暖彼此。

「師父，你千萬要小心，不要受傷，早日回來，我會想你的。」

一旁的芷嫣佯做乾嘔地嫌棄我：「女魔頭，妳真是假到不行了！」

哼，小孩子懂什麼，戀愛中的人都吃這一套，看看墨青……

我細細看了一眼墨青臉上的神色……我被他的神情弄得有些呆怔了。

他微微笑著，像是一個等待多年、幾乎快絕望的將死之人，終於得到心心念念的唯一那般笑著。

只見他垂眸看著我握著他的手，眸光細碎且溫暖，彷彿將竊喜、哀傷、羞澀還有幾分小心翼翼混著天邊星光，一同揉碎放進了眼中。

「我會的。」

我說的是逢場作戲的話，用的是虛情假意的心，卻得到了這麼鄭重的回覆，一時間，我竟是為墨青眼眸中的這份情緒感到些許的……

歉疚？

我竟然覺得……有點對不起他。

「若還有事暗羅衛無法解決，拖到我回來之後再說。」

似乎是討到了自己想要的關心，他留下這麼一句後，便俐落地離開了。

我仍坐在階梯上，望著遠方的山河星幕許久。

芷嫣也坐在我旁邊的階梯上畫圈圈，「我覺得厲魔頭對妳滿好的，他剛才那眼神……或許真的喜歡上妳了呢。孤獨了很久……終於找到喜歡的人似的……」

我道：「他喜歡的是妳。」

「白天的時候，他都不和我見面的。」芷嫣道，「只有晚上與妳見面的時候他才會這樣。」芷嫣想了一會兒，「不然妳把實情和他說了，萬一……他知道妳是路招搖之後，還是對妳情根深種，想幫妳還陽呢？」

「閉嘴！」我斥了她一句。

這一聲嚇得兩旁的侍衛噤若寒蟬。

感情這種東西，我不追求，也不信仰。我生而為魔，求的是權勢財富和絕對的力量，若想要多求點別的，累心勞力不說，還不得好下場，這種教訓，我早就吃過了。

我抬起手，看了看芷嫣這雙白嫩的手。世上男子，喜歡的是對他們沒有威脅的人，比如芷嫣，厭惡會搶走本屬於他們身分地位的女人，比如我路招搖。

即便我付出真心，願為其傾盡所有……

我站起身，拍拍衣裳，想著方才那點時間，以墨青的瞬行之術，此刻估計已經行到海邊某處了吧，接下來要出海入仙島，只能慢慢飛過去了。

我扭了扭腰，活動了筋骨，道了聲：「我去燒紙了。」便也掐了個瞬行術，眨眼行至江城。

與上次來江城一樣，我買了香蠟紙燭，到花街橋上，拿布撐了招牌，往橋上一坐，等人前來燒紙錢。

這次來的時候，因為憶起了一些過去的事，心情有點沉鬱，於是我盯了兩個長相難看的人，強拉他們過來幫忙燒紙錢，欺負完人，我才覺得舒爽了些。

我到底不是姜武，也不是以前的路招搖了，即便我在給路招搖燒紙錢，但在他們眼裡也沒那麼可怕。

就在我剛剛打算坐在橋邊安心招攬生意時，挨過欺負的人，不服氣了，帶了一群人來，將我這擺攤的小橋堵了，人人都提著大刀，氣勢洶洶。

被我欺負過的削瘦竹竿男從一堆人裡站了出來，扠著腰，挺著胸，仰著下巴，恨不能拿鼻孔看我，「哼，別以為妳是女人我就不會教訓妳，爺在江城，還輪不到妳到我頭上撒野！」

我掃了這群壯漢一眼，覺得有點開心。小竹竿一個人被欺負了還不夠，現在又帶了這麼大一堆人來讓我欺負，陰間帳戶上又可以多記好幾筆錢了。

「要是妳現在跪下來和我認錯，磕三個響頭，叫我聲爺爺，再回去陪我睡一晚，或許我還能饒妳一命。」

哦，很好嘛小竹竿，江湖排名第一的找死話都說出來了，那我不殺你，真是對不起你的請求了！

我眸光一寒，正是要動手之際，忽聽那群提刀壯漢背後傳來一聲慘叫。聲色之淒厲，幾乎撕裂耳膜。

所有人聞聲皆轉過頭去，隨即一怵，集體變了臉色。

像是有無形的力量從中間擠過一樣，他們從方才的氣勢洶洶開始變得顫抖、焦躁，然後主動讓開了條道出來。

我一瞧，就看見了姜武及上次跟著他的那兩個下屬之一。

此時他手上正拿著一條血淋淋的手臂，是剛剛從後面的一名壯漢身上扯下來的。

壯漢捂著傷處，疼得滿地打滾，姜武卻似見也未見一樣，對慘叫之聲亦是充耳未聞，只將那還在痙攣的手臂隨處一扔，丟進橋下河水裡，他目光落在我身上，咧嘴笑了。

「聽說有人又在橋上擺攤燒紙了，我就猜是妳，果然沒錯。」

聽見姜武如此與我說話，小竹竿的臉色登時變得煞白。

姜武走上前來，對著我旁邊的一堆紙錢感慨了一句：「哇，又這麼多，妳這麼費心費力地給路招搖燒紙，她會給妳工錢不成？」

我琢磨了一下，「算是有分成。」

姜武哈哈大笑，正笑著，旁邊的小竹竿倏爾抖著腿跪了下去，「姜……姜大俠，小的有眼不知泰山，不知道這是您朋友。小的……小的……」

他話沒說完，姜武倏爾沉了面色，轉過頭去：「哦對，剛才那話是你說的。」

小竹竿拚命地在地上磕頭，「姑娘對不住，我該死，我嘴賤，我……」沒繼續聽他吵下去，周遭登時壓力一重，小竹竿渾身動作立時僵住。是在過於強大的壓力下，失去了動彈的能力。

「差點忘了收拾你。」他說完這話，手臂一揮，只見一道鮮血從小竹竿的脖子上噴濺而出，他的腦袋就像秋天割稻草一樣，被「唰」地割掉了。

腦袋在空中劃了個弧線，咚一聲掉進河裡。

只剩個身軀還跪在橋上，在短暫的鮮血噴湧後，身體癱軟下去，一地的血順著橋上青石板彎曲的弧度流淌下去，染濕了那些小竹竿叫來的打手們的鞋子。

我早對這種場景沒太大感觸了。而這些一個個看起來極為壯實的大漢，全部開始瑟瑟發抖。他們淌著冷汗，推搡著往後退，動作也不敢太大，甚至連驚呼也不敢叫出來，在他們之間，氣氛壓抑且沉重，每個人的呼吸都變得急促又小心翼翼。

一群被嚇到的獵物……

「哎。」我喚了他們一聲，「退什麼，燒了錢才能走啊。」

他們沒動，直到姜武喊了一句：「沒聽見嗎，燒了錢才能走，不燒錢的……」他笑了出來，笑容張狂又可怖，「是想直接去陪葬嗎？」

此言一出，所有壯漢接爭相撲上前來，要去燒紙錢。

我乾脆站到了一邊，把地方讓開，在一旁抱著手看他們幹活。

姜武在我身邊，看著那燒得旺的火堆，直笑：「我欣賞妳，當真欣賞妳，妳說妳叫什麼名字？」

「芷嫣。」

「哦？小美人兒這次來江城，是特意要來與我喝酒的嗎？」

第二十章 囚禁

見姜武如此與我說話，跟在他身後的屬下嘆著氣，無奈地喚了聲：「阿武。」

姜武轉頭應付了幾句。

在他們說話期間，我暗自琢磨著，若與姜武合作，他定是不會臣服於我，我也不可能當他的下屬，折衷的辦法——就是我們平起平坐。

那麼問題來了。我身為一個後來者，憑什麼才能在姜武組織裡，獲得與他一樣的權力？

我現在不是路招搖，沒有那麼強大的實力；姜武也不是墨青，我不能像對付墨青一樣，天天跟在身邊勾引他。我唯一想到可以和姜武交易的籌碼，就是我在墨青身邊占有的第一手情報。

墨青要與琴千弦聯手的計畫。

姜武再厲害，也頂不住萬戮門與千塵閣兩面夾擊，若我提供情報給他們，讓他們躲過埋伏，等他日再尋機會，一舉反攻，也不是不可能。

到時姜武派人幫我對付暗羅衛，我便可趁亂殺了墨青。

算了算自己的底牌，再安排好計謀，見燒紙錢的人都跑得差不多了，我便轉頭望向姜武道：「來談個交易怎麼樣？」

姜武頗有興趣地瞇起眼，問：「交易？讓我幫路招搖再燒一次紙錢嗎？」

「能再燒一次最好，不過我想和你談的不是這個。」

姜武笑了笑，說道：「這麼有自信，要與我談交易？」他將手放到我脖子上，作勢要掐我，「妳要知道，我可是一手就能了結妳性命的人。」

我沒躲開，因為他眼裡沒有殺氣，我猜他只是想嚇唬我，不是真的想動手。就在我打算再次與他談論交易時，斜後方插來一劍，硬生生把姜武放在我脖子上的手逼了回去。

來者渾身氣息向外一震，姜武也不甘示弱地出力相抗。兩方氣息碰撞，只見姜武微微退了一步，來人卻猛地往後退了三步。更過分的是，他的手攔還攔在我身前，我只好跟著一併退了三步。

對方沒表現出什麼歉意，只聲色極為沉重道：「姑娘快走！」

我細細觀察了一下眼前人的打扮，明白過來，是暗羅衛的人。

大概是墨青派來跟蹤保護我的。

我不需要保護啊！我不想走！我還有事找姜武啊！

這些話，我卻沒辦法說出口，真要說出口，回頭被墨青知道，我要怎麼解釋？我和你想殺的死對頭脾氣相投，打算和他去喝喝酒聊聊天談談人生？

墨青定會殺了我。

這方暗羅衛保護了我，那方姜武的屬下也立即上前，擋在他面前，眸光犀利如刀，說道：「是暗羅衛，她果然是厲塵瀾的人！」

姜武倒是不慌不急，他摸了摸下巴，深吸口氣，沉思道：「厲塵瀾竟許手下的人燒紙錢給路招搖？他不是殺人奪位上去的嗎？真讓人不懂……」

「這不是懂不懂的問題……」他的屬下有點著急，說道，「就是告訴你不要對誰感興趣就湊過去……」

「囉嗦！」姜武一掌將屬下推開，站到前面來，側面紙錢燃的火還在熊熊燒著，襯得他一臉猖狂，「管她是誰的人，只要鋤頭揮得好，沒有牆角挖不倒，我看上的人，都是我的！」他捏了捏拳頭，指骨一陣劈里啪啦的脆響。

怎麼，竟是打算直接搶人了？

我身前的暗羅衛緊張起來，一身殺氣滿溢而出，他沒開口，我卻聽到有聲音傳音入密，猶似在我耳邊道：「姑娘，速回塵稷山，此處在下幫您拖住。」

其實你回去我來拖也沒關係啊！

「快走！」他話音一落，飛身上前，儼然是一副準備赴死的態度。在他這嚴肅認真的模樣下，一肚子賊心思的我，表情顯得有些尷尬。

都不等我好好體會一下這尷尬的情緒，面前的戰鬥便火速展開，而後結束。

其實也不算結束，只是對我來說結束了。

只見姜武一個瞬行，和那暗羅衛擦身而過，落到我身前。那暗羅衛頓時吃了一驚，欲轉身攔阻時，姜武已經將我一把扛上肩頭，他的屬下則是一拔腰間長刀，與暗羅衛戰在一處。

「小美人，咱們去喝酒吧！」

言罷，我只覺周遭一陣混亂，下一瞬間，便從花街前的青石小橋抵達了一個小院中，頓時隔絕了外面的喧囂。

院裡暮春的景致一片繽紛。濕潤的土壤黏著墜下的落英，牆角的花結了個骨朵，正是含羞待放之際。

姜武將我放到一張微涼的石桌上，我坐著的高度，只比他矮了一個頭。他雙手放在我腰側，向前貼近我的臉，在春末濕潤的空氣裡，有曖昧的氣息流動著。

「怕我嗎？」

我抬眼瞅他，說道：「你又不殺我，為何要怕你？」

姜武一挑眉，瞇著眼，越發危險地盯著我，「妳怎麼知道我不會殺妳？」

「哦，那你殺啊。」

姜武一頓，終是退開來，一聲大笑，「有趣！小美人，妳是第一個讓我覺得這般有趣的女人，我欣賞妳！」

「我也滿欣賞你的。」我跳下石桌，轉而坐在石凳上，翹著腿，抬眼望他，說道，「先拿酒來吧，咱們邊喝邊談交易。」

姜武眼神裡的懷疑與玩味各占一半，看了我一會兒，便招招手，一行侍女走了出來，奉上糕點與美酒後，退了下去。

姜武也坐了下來，將酒倒好，自己先喝了一杯，問道：「厲塵瀾派暗羅衛保護妳，看來妳對他很重要，妳究竟是何方神聖？」

我吃了塊糕點，心裡嫌棄了一番姜武家廚子的手藝，比起萬戮門的大廚還真是差了不少。我倒酒飲了一大口，沖掉糕點在嘴裡的餘味，道：「你不用管我是誰，你只要知道，我對厲塵瀾來說很重要就是了。光是這點，就足夠我們談接下來的……事……」

美酒入喉，我只覺胃裡一陣火辣，不消片刻，酒勁便上來了。我剛想姜武是不是在酒裡下藥，下一瞬間，便栽倒在石桌上。

磕得直接讓我魂魄離了體。

我看著倒在桌上的芷嫣，愣在一旁，那方正在端著酒杯瞇著眼睛沉思的姜武也愣住了，意外道：「小美人？」他喚我，「芷嫣？」姜武伸手，摸了摸那身體的頸項，隨即困惑地拿起那具身體還握著的酒杯，看了看、嗅了嗅，轉頭問，「妳們下毒了？」

屋裡出來一名侍女，連忙跪下磕頭，「奴婢們怎敢私自行事！」

如此說來，竟是芷嫣這身體……不勝酒力！

我試著往她身體裡擠了擠後，放棄了。她也太弱了吧！吃藥也沒這麼快啊！現在要我怎麼和別人說話！

我正嫌芷嫣身體拖後腿，只見屋裡又走出一人，微微佝僂的背脊，拄著青鋼拐杖，正是一臉肅殺的袁桀。

北山主怎麼會在這裡？除了他與姜武聯手這個理由，我想不到別的了。

「厲塵瀾今日與琴千弦共商密事，欲聯手圍剿你，無人知曉他們商議的細節，你還有心思在這裡與女人調笑？到時候若出什麼差池，別怪老夫沒有事前知會你。」

果然如我所料。

難怪姜武能橫行霸道這麼久，原來有內鬼。

想來北山主對墨青積怨已深，想借別人之手，趁機除掉他。不愧是之前在我手下做事的人，行事風格與思路，簡直與我一模一樣。

這下倒好，我想拿來交換的條件被袁桀搶了，我對姜武的價值就變少了。看來這生意是談不成了。

現在只好想辦法離開，回到墨青身邊，見機將袁桀私通外敵的事捅出來，以博得墨青的更大信任。把原來可以從姜武這裡獲得的利益，從墨青身上討回來。

總之一定要在這場爭鬥中分到肉來吃。

那麼問題又來了。我要怎麼離開這裡呢？跟著保護我的暗羅衛不見蹤影，又沒人知道我去了這裡，墨青正在海外仙島取劍，沒兩三天回不來……

這時袁桀走了過來，目光陰沉地往芷嫣臉上一瞥。

「原來是她。」

「怎麼？」姜武挑眉問道，「認識？」

「此人近來頻繁出現在厲塵瀾身邊。我第一次見她，厲塵瀾道她乃是線人，後又自稱門主徒弟，還有消息說她是琴千弦的侄女。」

好嘛，這具身體的身分都被說光了，他的兩大對手都與我有關係，這下姜武大概不會放我離開了。

「而且……」

這老頭，怎麼那麼多話！

「數日前，我曾與她交手，她擋開我的招式，頗有先門主的風範。」

「哦？路招搖？」姜武在芷嫣身邊蹲下，將她身體往後一拉，讓她倒進他的臂彎裡，「真是越來越有趣了。」姜武抬手喚來婢女，「先抬進去，軟禁在房裡。」

「厲塵瀾極為護著此女，你將她軟禁於此……」

「那又如何？」姜武一笑，「厲塵瀾在位五年未曾出過塵稷山，他還能親自找來不成？再說，別小瞧我院裡的結界，即便是厲塵瀾也闖不進來。」

袁桀斜了他一眼，「今日厲塵瀾離開了塵稷山，無人知曉他的去向。還有，你最好別小瞧厲塵瀾。魔王遺子，且萬鈞劍在手，世上還未有人探出過他的底線。」

「好啊。」姜武咧嘴一笑，露出森白的牙齒，像是黑夜裡目露殺氣的狼，「他的底線，由我來探。」

第二十一章　托夢

芷嫣被關進一間女子廂房中，我跟了進去，飄在一旁，看著屋裡精緻秀氣的裝飾，覺得還不如墨青讓人布置的濯塵殿符合我的喜好。

姜武與北山主議事完畢，也進了這屋子，坐在床榻旁邊，抱手打量著酣睡的芷嫣。

我有點發愁。

萬一這姜武是個好色之徒，想趁芷嫣昏睡不醒時做點什麼……以我一個魂魄之體，根本無法阻攔，最仁至義盡的做法，就是轉過頭去，不偷看吧。

如果他真做了，我看或不看好像也沒什麼影響。

其實我心裡也有點小好奇呢。

曾聽聞，魔修用交合之姿奪取他人功力是天底下最快活的方式，有的魔修甚至專門修習此功法。以前我放眼天下，別人的功力對我來說是殘羹剩飯，花功夫搶他們的修為，不如我自己打坐快。

以致時至今日，我也不知道他們說的那些隱祕的快活事，到底是何等快活。

平時沒想起也就算了，現在有一齣戲正要上演……

我正掂量著，姜武忽然一動，他蹲下身來，腦袋湊到芷嫣臉頰旁邊。

哦！他要開始了！

我內心無比煎熬，眼睛卻目不轉睛地盯著他們猛瞧。

只見姜武抬起手，伸出手指，用指背在芷嫣的臉頰上摩挲兩下，又輕輕捏了兩下，笑著道：「又滑又彈。」

他形容得好像很好吃的樣子。

不過，真要論起，芷嫣的皮膚真是好呢。我讓身體陷進床榻中，趴在芷嫣身體另一邊，與姜武一同觀賞芷嫣粉嫩的臉頰。只見姜武的手指從芷嫣的臉頰挪到了鼻梁，然後劃過眉毛，最後落在眼瞼上。

「睫羽如扇。」

是呀，芷嫣的眼睛平時沾點淚水，眨巴眨巴，連我見了也心生憐惜。我撇嘴，難怪小醜八怪那麼容易就被勾引了……

「阿武。」外面有人象徵性地敲了敲門，隨即推門進來。是之前在青石橋上攔住暗羅衛的那名屬下，他一進門便開口道：「不小心讓那個暗羅衛跑了，現在老三傳消息說萬戮門的暗羅衛正在集結……你在幹嘛？」

姜武拔了幾根芷嫣的睫毛，拈在兩指間細細打量，「小毅。」他喚了一聲，「這個女人當真有趣，她身上的每個地方，都那麼有趣。」

小毅走上前來，瞥了芷嫣一眼：「和別的女人沒什麼兩樣啊，花樓那些姑娘不也都這樣嗎？」

姜武吹了睫毛，坐回椅子上：「差遠了，她們即便睡在我身旁，也在瑟瑟發抖。」喲，聽起來經驗豐富的樣子嘛。

「阿武……」小毅忽然瞇起眼，懷疑道：「你不會……喜歡上她了吧。」

「還沒有，感興趣而已。」姜武手在膝蓋上敲了敲，「不過，不想把她讓給別人是真的。我看中的人，自然要留在我身邊。」他一轉頭，換了話題，「方才你說暗羅衛在幹什麼？」

「他們好似為了找她，遣了許多人來江城。」

「哦，這麼著急著來找人？厲塵瀾應該是下了重令吧。」姜武危險地瞇起眼睛，「妳對他來說，到底有多重要呢？」

我對墨青來說有多重要？

我想起了不久前我讓他平安歸來時，他唇角的微笑與那聲像承諾一樣的回答。他應該沒想到，當他回來時，我竟是不在了。

「咱們要撤嗎？」小毅在一旁問姜武。

「不用。」姜武站起來，一邊往外面走一邊道，「咱們在江城的人多，且不是誰都能瞬行，越是行動越容易露出破綻，這幾日讓他們收斂行事，在院子裡待著，我布了結界，便是厲塵瀾親自來找也無妨。過了這幾日，風頭一歇，咱們再帶人回去。」

等姜武離開，我坐在床上摸著下巴，聽他們的意思，老巢竟是在別的地方？若這幾日暗羅衛沒找到我，墨青也放棄了，我就會被姜武帶去他那不知名的老巢……

靠著芷嫣的身體，大概真的只有做姜武下屬的分了。

頭可斷，血可流，別人的下屬不能做，辱我威名！

我得想辦法離開。

芷嫣的身體被困住沒關係，我可以出去，到鬼市去，買個入夢丹，給人托夢。

托給暗羅衛肯定不行，一來我記不住他們的名字，二來北山主還站在姜武這邊呢。他給暗羅衛使點絆子，耽誤時間就不好了？得找個能與北山主抗衡的……

我想到了顧晗光。

當即不再耽誤，我用最快的速度飄出院子，闖出結界。一到外面，發現這竟是江城裡最繁華那條街的背街上，走過一條小巷，外面便是燈火輝煌的夜市。方才在那院落裡，竟完全聽不到外面的喧囂，從外往內看，也無法窺視院內洞天。

我詢問路上的野鬼，飄到了江城野外的鬼市。

到底是大城市，連鬼市也與塵稷山下的鬼市不同。買賣更多，鬼也更多。我問了大陰地府錢鋪，發現這些日子自己帳上又多了兩萬錢，登時便開心了起來，打算先把芷嫣的事擱著，逛逛街再說。

直到我問到半柱香時間的入夢丹要五千錢，我的開心硬生生地變成難過。

竟然比神行丸貴這麼多！人家神行丸一個月才一萬錢！你們鬼市賣東西的都不要臉！

面對我的質疑，賣入夢丹的老闆慢吞吞地說：「入夢丹是給活人托夢，要跨越陰陽的，咱們鬼市，最貴的就是這種東西。還陽丹是一個，咱們入夢丹也是一個，能拿出來賣給妳已是不容易了。要是不要啊？」

我咬了咬牙，心頭暗暗發誓，總有一天，我要拆光天下所有的鬼市！

買了一顆入夢丹，吞下去後，心頭默念三遍顧晗光的名字，周遭登時一黑，像是踏入了一個山洞中。我聽到有腳步聲在山洞中迴響著，慢慢向我靠近，不一會兒，顧晗光便出現在這一片漆黑中。

此刻的他還是當年那個翩翩公子，沒有變成小孩的模樣。他一見我，晃神一瞬，隨即微微瞇了眼問道：「路招搖？」

是了，他現在看見的，也是我原本的樣子，不借用芷嫣的身體，就出現在他面前。

用自己的模樣，出現在一個曾經熟悉的活人的夢裡，頓時竟有幾分莫名的感動，像是經年累月壓抑的孤獨，瞬間被驅走了似的。

我忽然理解，為什麼入夢丹會賣這麼貴了。

因為它可以一圓許多人生前，未完的殘念。

但現在不是感慨的時候，我吸了口氣，對顧晗光道：「我給你托個夢，北山主投靠姜武了，給我燒紙錢的那個小姑娘也被抓了，墨青現在不在塵稷山，你想辦法把人救出來。」

顧晗光一挑眉梢，說道：「這些事與我何干？」

我一怔，許久沒與他接觸，倒忘了他是個彆扭脾氣。

他涼涼地繼續說：「我當初只答應妳來塵稷山做大夫，別的一概不管，而妳現在死了，我沒必要繼續幫妳辦事。」他擺擺手，「找別人去。」

他作勢轉身要走，我抱起手，倒也是沒生氣，只是態度又比他更傲了一點：「哦，那我待會兒去給沈千錦托個夢，告訴她一些當年她忘掉的事，你看如何？」

顧晗光腳步一頓，側過頭，沉默了一會兒，我聽見了他咬牙切齒的聲音：「路招搖，妳陰魂不散！」

我點頭微笑，「正是如此。」

他忍下怒火，沒好氣地問：「人被關在哪？」

「江城柳街背街，從東邊數第九條小巷後的深宅大院裡。那兒有姜武布的結界，從外面看不出端倪。」

我的聲音漸漸小了，周圍黑暗也慢慢散去，顧晗光的身影逐漸消失，看來是入夢丹的時間到了。不過該說的也都說了，這下全看我的了。

我飄了回去，忙了一晚上，天色已近破曉，太陽剛升起的那一刻，癱軟一夜的芷嫣猛地回魂。她皺了皺眉頭，在床上閉著眼睛揉腦袋，「我的頭怎麼這麼痛啊？」

我抱著手飄在一旁：「沒別的地方痛已經是萬幸了。」

聽到我的聲音，芷嫣才似完全清醒了一樣，她坐起身來，左看看右看看問道：「這是在哪兒？」

「別瞎鬧騰。」我往門口瞅了一眼，芷嫣會意，順著我的目光往外一看，但見那紙糊的門外，有兩個人影正立在那方，守得嚴嚴實實，大概一直監聽著屋裡的情況呢。

芷嫣驚恐地看著我，慌張問道：「妳拿我的身體做了些什麼？」

我清了清嗓子，簡單將昨天的情況交代了一下。然後她一臉震驚地盯著我，還沒來得及換表情，門便被推開了。一個高大的男子走了進來，是姜武。

「哦，醒了。」姜武直接往床邊的凳子上一坐，長腿一伸，放在床榻上，「妳酒量那麼差也好意思喊人喝酒？」

芷嫣的臉上一半驚恐，一半茫然。她看了看姜武的腿，又看了看姜武一頭張揚的短毛，隨即飛快地掃了我一眼。

我撇了一下嘴說：「柔佛巴魯姜武，厲塵瀾想殺的那個。雖然他知道妳是厲塵瀾的徒弟，不過他現在滿喜歡妳的身體，應該暫時不會殺你。妳撐住，別讓他看出妳怕他。」

話雖這樣說，但好像並不管用，芷嫣臉上的汗已經淌得快弄濕棉被了。

姜武歪著腦袋看她，「妳怎麼了？」

「沒、沒事……」芷嫣咬住牙，忍住顫抖，「我宿醉後有點……虛……」

「哦，回頭讓人給妳熬點湯藥。」姜武抱手問道，「妳昨晚說，要與我談個交易，現在說說吧。」

芷嫣縮進被窩裡：「我覺得……我虛得有點頭暈，大概還醉著，我要睡一下，晚上再與你說吧……」

嗯，雖然演技不佳，但好歹是比以前機靈了，我很寬慰。只是我的寬慰並不能讓姜武滿意，他盯著在被窩裡裹著不動的芷嫣，滿眼懷疑。

此時，小毅忽然撞門沖進來，與姜武說道：「阿武！顧晗光找到這裡來了！」

「顧晗光？」姜武眸中神色微涼，「南山主？他不是個大夫嗎？湊這個熱鬧作甚？」

因為我人緣好啊，我淡定地在床榻上飄著。

顧晗光不愧是我花心思挖來的人，這麼快便領人瞬行殺過來，看來芷嫣這身體被救出去，也就一兩個時辰的事了……

「不管他們。」姜武如此說了一句，有點出乎我的意料。他一邊隨著小毅往外走，一邊說著話，我好奇地跟了出去，飄在他們身邊，只見姜武半點不急道，「讓他們破吧，看他們得花多長時間，才能破了我的結界。也看看除千塵閣以外的九大仙門，能容他們在江城裡鬧騰多久。」

他咧嘴一笑，「另外，你且去城裡散散謠言。」

「說什麼？」

「就說，萬戮門打著剿滅我的藉口，想趁機吞下江城。他厲塵瀾不是要一統魔道，以魔王遺子的身分再登魔王之位嗎？咱們就把這江城，一併送他了。」我彷彿聽到姜武心頭算盤打得啪啪作響的聲音，「捨一個江城，能重啟萬戮門與十大仙門之爭，我也是很樂意的。」

好小子，算計墨青也就罷了，竟把我的萬戮門一起算進去了。

我不悅地瞇起眼，看來要重新審視你這個理想接班人的定位了。

第二十二章　瞬行

一整天時間，顧晗光在外面，愣是沒把結界撬開一道缺口。

想來也是，顧晗光除了醫術外，內裡修為並不比北山主高。其他暗羅衛就更不說了，且看北山主與姜武相處的方式，姜武的修為只會比袁桀更高。

在修魔修仙這一途上的人，實力差距就是條鴻溝。姜武如此自信，定是對自己的實力十分肯定。顧晗光打不開他的結界，也是正常。

芷嫣抱著膝蓋在床上縮著，盯著一個地方發呆，「怎麼辦？我覺得我要被搶走了。」

我摸著下巴琢磨，「要不我今晚給妳大伯父托個夢吧。」

昨日琴千弦在無惡殿上布出連我都進不了的結界，可見他在結界這方面造詣很高。讓他來，應該可以解決問題。而且芷嫣還是他親侄女，他定不會眼睜睜地看著她被姜武搶走。

到了晚上，我正準備離開，芷嫣的魂魄卻奮力地從她身體裡掙了出來，猶豫道：「我大伯父自幼修菩薩道，他若是……想對妳不利呢？」

說實話，我其實也有點緊張。

身為一隻鬼，我確實不太想和一個修菩薩道的人接觸，特別是琴千弦這種修菩薩道修到一定境界的人。萬一他一誦經就把我超度了呢？

憂心歸憂心，該做的一樣也不能少。

「待著吧。妳這身體是我送到姜武手上的，我一定得讓妳安然離開。」

我又去了趟鬼市，花五千錢買了入夢丸。

吃下去，喊了三聲，周遭環境又是一暗。在那黑暗中，我聽到了與顧晗光不同的腳步聲，琴千弦走得更穩更緩一些，似在閒庭散步，然後他看見了我。

我揚起了微笑，示出自己的善意，省得他二話不說盤腿一坐就把我超度了。

「琴閣主。」

琴千弦靜靜地看了我片刻，一雙慈悲菩薩目微微一垂，「路瓊。」倒是難得，居然還有人會喚我的大名。我應了一聲，他似自言自語地呢喃，「竟然……還會入夢嗎……」

我聽得不大真切，卻見他雙手合十，閉上眼，弧度精美的唇緩緩誦出經文。

我一驚，連忙喊到：「等等！我不是來纏著你的！別超度我！」

我撲了過去，伸手想拉住他的手腕，欲將他合十的手分開，但我卻無法觸碰到他，情急之下一聲「大伯父」喚了出口。

他一愣，我聽誦經聲停了下來，連忙插話道：「你侄女芷嫣被柔佛巴魯姜武抓了，軟禁在江城一小院結界裡，南山主已經去過了，可打不開結界，我托夢給你，讓你去救她呢！」

說完，我忍不住在心底唾棄了一下自己。活著時不知天高地厚，現在死了，居然還怕人家誦經。

想當年，他都是被我抓來關在地牢裡觀賞的好嗎！

聽說當年他被我看了一晚後，還被看出了心魔，回去閉關打坐了好久，才重新回到江湖。

反觀現在，真是因果輪迴報應不爽。

琴千弦目光在我臉上一轉，「跟著芷嫣的是妳？」

這修菩薩道的果然能修出天眼！他那日在無惡殿上，一定是瞥見我的影子了。

我不否認，但也不明白地道：「我不會害你侄女，她有求於我，我亦需要她，我們各自商議，公平買賣，於她無害，於千塵閣無害，於仙道無害，你不用想著超度我。我路招搖自知活著的時候確實不是什麼好人，可做鬼的時候，當真一點壞事也沒幹過！」

雖然是因為還沒來得及……

琴千弦聞言，也是默了一瞬：「我方才誦的乃是《心經》，未曾想超度妳。」

那你見了鬼誦《心經》，難道是想超度自己嗎？

我憋住了心裡的話，又覺四周黑暗漸漸褪去，半柱香時間又到了。我抓緊最後的時間說了句：「你一定要來救你侄女啊！江城柳街……」

黑暗消失，琴千弦也再見不到了。

托完夢，我再回到那小院外，小不點顧晗光與暗羅衛尚在外面圍堵著，只是對姜武的結界束手無策。

顧晗光面上毫無急色，我知道他是怎麼想的，他覺得這事無關輕重，不過就是救個投奔魔道的仙門女子罷了，不必盡力。

只是因為我在夢裡威脅他，他才勉強接下這個活。他接是接下來了，卻沒說一定能辦好，現在辦不好，他也算盡了力，我怪不得他。

我知曉他這些小心思，所以更加生氣，雖說感受不到，仍是一巴掌拍在顧晗光腦門上。

我在心裡給他記了一筆辦事不力的帳，入了院內，見姜武的幾個下屬在院裡喝酒，一邊喝一邊諷刺外面的顧晗光幾句，夾槍帶棒的，順帶把萬戮門洗涮了一頓。

我眉梢一動，這要換做以前，我劍都出鞘了。哪怕把你江城劈成兩半，再和十大仙門大鬧一場，也絕不讓你一個後起之秀在萬戮門面前放肆。

可惜不再是以前了。

我死了。

只能等著人來救。

我捏了捏拳頭，把這幾個人在心裡的小帳本上記了一筆。你們以為我路招搖死了，沒有力量，就會認命地放過你們嗎？

等著吧。

我從他們的桌子上飄過去，這幾年，墨青沒有教你們在江湖上好好做人的道理，以後我會給你們補上這一課。

我入了屋內。

只見姜武又在床榻邊看著芷嫣的容顏了。

芷嫣以魂魄之體在一旁抱著腿坐著，縮在牆角，她望了我一眼，「這人是不是有什麼毛病啊？在這兒看了我快一宿了。」

我還沒答她，外面便有人跑了進來，報與姜武道：「琴千弦來了！」

姜武一怔，比先前聽見顧晗光的名字時，臉色難看多了，「他親自來？」

「對……正在破……」

來報的人話都沒說完，忽聽天上一道雷鳴撕裂天際，轟隆一聲砸在小院結界上。

我心頭驚詫，琴千弦破結界的動作還真驚人，什麼時候修菩薩道的也變得如此暴力蠻橫了？

我還在困惑，外面江城的繁華之聲湧入耳朵，結界破了！我心頭一喜，但見姜武眉眼一沉，小毅倏爾憑空出現，大喊一聲：「厲塵瀾也來了！」

我一愣，卻是不知為何，聽見這個名字的一瞬，周遭動靜好似緩了一瞬。

明明昨天想盡辦法，找了好幾個人來幫忙，卻都沒有聽見墨青的名字時，這種放下心頭大石的安心感。

他去海外六合仙島取劍，說要兩三天方能回歸，現在這一天半的時間都未到，他便趕回來了，還攜著一身雷霆之怒……

我失神片刻，那方姜武倏爾將芷嫣的身體一撈，扛在肩頭上。

「撤！」他一聲下令，竟是要動瞬行之術了。

芷嫣明天可以自行回魂，但我不行呀！我雖然吃了神行丸，但要我從這兒飄到塵稷山，那也是一段漫長的距離好嗎？

我當機立斷，一頭撞進芷嫣的身體中，下一瞬，周邊便是一陣風起，姜武片刻便瞬行到了千里外的某個地方。

我進了芷嫣的身體，感覺肚子硌在姜武肩頭上，實在不舒服，便掙了一下，姜武倒是不難為我，直接把我放在地上。

「肯醒了？」

我推開他，站遠了兩步，往周圍一打量，「這是哪裡？」

姜武沒有回答我，只將我下巴一捏，有點粗暴的將我拉到了他面前，瞇著眼審視，「厲塵瀾、琴千弦都親自來了。小美人，妳可知，為了聽妳的買賣，我讓這江城裡，上演了多大一齣戲嗎？」

哼，沒見識，墨青和琴千弦親自來了算什麼？我以前可是和十大仙門赤手空拳幹過架的，還順帶救了個墨青呢！

現在這齣戲裡，最大的看點明明是你抓了路招搖好嗎？

只是你不知道，別人也都不知道罷了。

我建議姜武：「我改變主意了，買賣是談不成了，不過你可以放我走，這樣厲塵瀾和琴千弦暫時就不會追著你了。」

姜武一笑，即便是在出逃中，他的目光依舊不減倨傲，「即便是厲塵瀾與琴千弦，也追不上我的瞬行之術。」

「狂妄。」

空中陡然落下的聲音，我不由得失了神。

我知道姜武為什麼會那麼自信地說出沒人追得上這話，因為沒人知道他瞬行去了哪裡，大千世界，千萬種可能，該如何尋找？墨青卻真的找來了，快得讓我也忍不住驚訝。

看著那一襲自樹後走出來的墨色身影，看著他曾裝滿星辰的眼眸透出風雪般刺骨的殺意。

我只覺心口一陣悸動，即便是在比這艱險萬倍的處境中，我也未曾有過如此心情。

從沒想過，有一天，當我身陷囹圄，當真會有一人，奇跡般地如英雄一樣登場。涉深水，入熱火，不顧路途艱險前來救我。

最重要的是……

還長得那麼驚人的好看。

——《招搖 卷一》完

高寶書版集團
gobooks.com.tw

輕世代 FW269

招搖 卷一

作　　者　九鷺非香
繪　　者　セカイメグル
編　　輯　林思妤
校　　對　任芸慧
書衣設計　林鈞儀
美術編輯　林鈞儀
排　　版　彭立瑋

發 行 人　朱凱蕾
出　　版　英屬維京群島商高寶國際有限公司臺灣分公司
　　　　　Global Group Holdings, Ltd.
地　　址　臺北市內湖區洲子街88號3樓
網　　址　www.gobooks.com.tw
電　　話　(02) 27992788
電　　郵　readers@gobooks.com.tw（讀者服務部）
　　　　　pr@gobooks.com.tw（公關諮詢部）
傳　　真　出版部　(02) 27990909　行銷部 (02) 27993088
郵政劃撥　19394552
戶　　名　英屬維京群島商高寶國際有限公司臺灣分公司
發　　行　希代多媒體書版股份有限公司/Printed in Taiwan
初版日期　2018年5月

國家圖書館出版品預行編目(CIP)資料

招搖 / 九鷺非香著.-- 初版. -- 臺北市：高寶國際, 2018.05-
　冊；　公分. --

ISBN 978-986-361-524-8(第1冊：平裝)

857.7　　107004301

三日月書版

三日月書版

GOBOOKS & SITAK GROUP©

GOBOOKS
& SITAK
GROUP©